辺境伯アルファと目覚めた眠り姫

釘宮つかさ

illustration:
みずかねりょう

prism bunko

CONTENTS

辺境伯アルファと目覚めた眠り姫

＊　プロローグ　＊

五歳にして、クリストファの人生はすでに最低最悪だった。

ヴァレリー伯爵家の次男坊として生まれた彼の心の中に最も鮮明に焼きついているのは、三歳のときに起きた事件の記憶だ。

ある日の夕刻、母と五歳年上の兄とクリストファの三人が乗った馬車は、自邸への道を急いでいた。その馬車の前に男が飛び出してきて、強引に止められた馬車の中に金品狙いの暴漢が乗り込んできた。気丈だったという母は、幼い我が子たちを守ろうとして必死で抗った末に、その場で命を奪われてしまったのだ。

金目のものを奪って逃げた犯人たちは間もなく取り押さえられ、処刑されたが、救いにはならなかった。

母の命を奪ったのは、鈍い光を放つ粗末な剣だった。まだ子供だったクリストファは、目の前で大切な人の命が奪われるのを、ただぽかんとして見ていることしかできなかった。

そして、さらに不幸だったのは、クリストファの父親は帝国軍幹部の地位にあり、母を亡くした息子たちを強く厳しく育て上げようとした。父は、我が子たちに自分と同じような人生を歩ませたいと考えていたのだ。

しかし、すべてをそつなくこなしていた兄とは裏腹に、クリストファはすっかり剣が嫌いになっていた。父が呼び寄せた何人もの家庭教師たちの下で学び、日々強いられる勉強には真面目に向き合ったものの、剣の教師にだけは何度来ても首を横に振った。跡継ぎ息子の兄はどの授業もほどほどにこなし、弟にもうまく逃げるすべを教えてくれたが、まだ幼いクリストファには適当に誤魔化すことができず、ただ必死の意思表示としてひたすらに剣を拒むことしかできなかった。

母を悼むこともせずに軍務に明け暮れる父も、一緒に悲しんではくれないどこか飄々とした兄も、そして嫌だと言うのに無理に剣を持たせようとする教師も、誰も彼もが敵で、あらゆる者に憎しみさえ感じていた。

結果としてクリストファは、用意された子供用の立派な剣に触れることを頑なに拒んだ。ぜったいに自分は軍人になどならないし、母を死なせた剣も握らない、何があっても、と強く決めていたのだ。

――そんなある日のことだった。

疎ましく思っていた剣の教師が、一人の少年を伴って伯爵家を訪れたのは。

『こんにちは、クリストファ。僕はアシュリーだよ』

艶やかな黒髪に琥珀色の目をしてにっこりと笑う彼は、クリストファより少し年上のようで、すらっとした細身の体に驚くほど綺麗な顔立ちをしていた。パッと見て、服が男物で、腰帯に剣を下げていなければ少女だと思う人のほうが多いだろう。

今日はよろしくね、と言われて、いったい彼は何をしに来たのだろうとクリストファが怪訝に思っていると、剣の教師が説明した。自分はこれから外せない用事ができてしまったので、代わりにクリストファの相手をしてもらうために彼を連れてきたというのだ。

教師は『まだ若いがアシュリーには剣の才能があります。彼は私の一番弟子なので、安心して教えを請うてください』と言い置き、二人を引き合わせて紹介だけすると、なんと本当に帰ってしまった。

彼と二人で置いていかれたクリストファのほうは、内心で激しく困惑していた。

(まだ子どものこの子に……剣を教えてもらえっていうの？)

だが、アシュリーのほうは平然としていて、『とっても立派なお館だねー！　ヴァレリー伯爵のお館はおやつが美味しいって先生が言っていたから、楽しみにしてきたんだ』と邸内を見回しながらのんきに言う。

もし、えらそうに剣の手ほどきをしようとしてきたら、ぜったいに抵抗してやるんだと身構えていたクリストファは、その様子に思わず鼻白んだ。

『……おやつの時間は、まだだから』

暗に、早く帰れというつもりでそう言うと、彼はその意図にはまったく気づかない様子で『そっか。だったらそれまでの間、このお館の秘密の場所を教えてくれる？』と言い出した。

（秘密の場所？）

意味がわからなくて首を傾げると、逆にアシュリーのほうが不思議そうな顔になった。

『こんなに大きなお館なんだから、いっぱいあるでしょう？　例えば、お勉強したくないときに家庭教師から隠れる場所とか、一人になりたいときに閉じ籠もれる秘密の小部屋とかだよ』

――そんな場所はない。

代わる代わる何人もの家庭教師が来るので、言われるがまま勉強する時間だけで毎日せいいっぱいだ。自分の部屋と兄の部屋、それから図書室と食堂くらいにしか行かない、とクリストファが言うと、アシュリーは天を仰いでやれやれというみたいにため息を吐いた。

『なんてこと……いっぱいいいところがありそうなお館なのに、もったいないよ！　じゃあ今日は、僕が一緒に探してあげる！』

そう言うが早いか、彼はクリストファの手を勝手にぎゅっと握り、いきなり走り出した。

あとで知ったことだが、アシュリーはあのときはまだ七歳だったが、当時はその年頃の子供より背が高くて十歳くらいに見えた。反対に彼より二歳年下のクリストファのほうは、自室に籠もりきりで勉強ばかりしていたせいで、同年代の子供より背が小さく痩せっぽちで、体力もまるでなかった。父親は長身で大柄だし、兄も同年代の子供の中では背が高いほうだ。遺伝的には長身になる可能性のほうが高いはずだが、母亡きあとは食も進まず、日にも当たろうとせずに部屋に引き籠もって過ごすばかりだった。おそらく、アシュリーの目に当時の自分は、小さくて目つきの悪い陰気な子供に見えたに違いない。

けれど彼はそんなことはおくびにも出さず、いつも遊んでいる仲のいい友達のように、クリストファの小さな手を引っ張って、広い館の中を駆け回った。

軍人である父親は厳しい人だったため、使用人たちは父には絶対服従だった。だから、使用人たちと行き合いそうになるたびに、次男坊がふらふら遊んでいたと告げ口されないかとクリストファは不安だった。だが、アシュリーはなんとも上手に柱の陰に身を潜め、口元に指を立ててはクリストファを黙らせて使用人をやり過ごし、あちこちの部屋の扉を開けては隠れられそうな場所を探していく。大きな壺があれば入れるかと中を覗き込んで落ちそうになり、クリストファに慌てて止められたり、扉があれば次々開けて、どちらが先により楽しいものを見つけられるか競争した。庭の一角に白い鳩がたくさん集まっていることに気づき、庭師に見つからないようにこっそりパンくずを撒いたりもした。

この館で生まれたクリストファは、自分の家の中の扉を開けただけで、こんなにもたくさんの様々な部屋があり、あちこちに素敵な隠れ場所や楽しい遊び場があるということを初めて知った。

館の中で、入ってはいけないと言われているのは、父の執務室と、それからもう一つだけ、亡き母の部屋だ。扉の前でそれを伝えると、クリストファの母の事件を知ってか知らずか、そう、とアシュリーは静かに頷いて手を引いた。

（楽しい……！）

こんなふうに、クリストファが我を忘れてはしゃいだり、声を殺しながらも大笑いしたりして思い切り遊んだのは、母が亡くなってから初めてのことだった。

二人で散々走り回り、くたくたになって空腹を感じる頃、おやつの用意された自室に戻る。向かい合って料理人が作った美味しいおやつをほおばっているうち、クリストファの目に、アシュリーが腰に下げている剣が目に留まった。

柄も鞘も金色で、鞘には緻密な装飾が施され、蔦が絡んだような模様が刻み込まれている。柄の一部に彼の目の色と同じ、美しい琥珀色に輝く宝石がはめ込まれて鮮やかな煌めきを放っていた。

『……綺麗でしょう？　この剣はうちのお祖父さまが僕の誕生祝いに作らせたものなんだ。

大切だから、本当は誰にもさわらせたらいけないんだけど……よかったら、ちょっとさわってみる?』

その視線に気づいた彼に訊ねられ、ぶるぶると急いで首を横に振る。教師からクリストファが剣の授業を拒んでいることはおそらく聞いているのだろう、無理強いはせずにすんなり引くと、アシュリーは言った。

『僕のお母さまは、大人になったら僕が爵位を継いで、お父さまと同じように帝国議会に入ってほしいと思っているみたいなんだけど、僕は剣士になりたいんだ』

『……剣士?』

思わず訝しげに訊いたクリストファに、アシュリーはうん、と頷く。

『剣の稽古をしたり、誰かと対戦したりするのは、すごく楽しいから。それに、僕は体が細くてあまり力がないほうなんだけど、剣技の強さは力だけじゃない。頭で考えて戦い方を磨けば、技術で強い相手を打ち負かすこともできる。対戦を重ねて腕を磨いて、もっともっと強くなれれば、自分だけじゃなくて、大切な人を守れるようになるから』

(……大切な人を、守れる……?)

考えもしなかった言葉に、クリストファは呆然とした。

母を殺した暴漢を憎み、命を奪った剣を毛嫌いして、触れるどころか必死で目をそらし

てきた。それしかできることがなかったからだ。

だがもし、次に同じことが起きたとしたら、今のままではクリストファはあのときと同じように、反撃するすべもなく、ただ大切な人を失うだけだろう。

何か、とても重要なことに気づいた気がして、必死でぐるぐると小さな頭の中で考えを巡らせる。

そうしながら、無意識のうちに、じっとアシュリーが腰に下げた剣を見つめた。

ちょっとだけ、さわってみない？ともう一度訊かれて、こくりと自然に頷いていた。

誰にもさわらせてはいけないと言われている大切な剣に特別に触れさせてくれたアシュリーは、それから、自分がどうやって教師から剣技を教わっているのか、どうしたら剣の腕前が上達するのかを、優しい口調で丁寧に教えてくれた。

気づけば、いつの間にかクリストファはソファでアシュリーの隣に座り、一緒に彼の剣を握って、夢中で話を聞いていた。

翌日、父に子供用のものではなく、ちゃんと戦えるような剣が欲しいと頼んだ。父は喜んで帝都で一番だという剣の職人の元にクリストファを連れていき、彼のための立派な剣を誂えてくれた。剣が完成するまでの間に、教師に連れられて再びアシュリーが館を訪れたので、その話をすると、彼はとても嬉しそうに笑ってくれた。仮の剣で相手をしてもらうと、身軽で頭の回転の速い彼は子供ながら剣さばきが巧みで、鍛錬を始めたばかりのクリストファにはまったく太刀打ちできなかった。悔しさから、クリストファはやっきになって真剣に剣の稽古に取り組むようになった。そのおかげでか、体力がついて少しずつ背が伸び、食欲も出て、生き生きし始めた次男に、父と兄は当時、密かに安堵していたようだ。

その後も、アシュリーは何度か手紙をくれた。内容は、屋敷に仔馬が来たのでクリストファにも見せたいとか、友達の家に遊びに行って皆でゲームをして楽しかったこと、今度は君も皆と一緒に遊ぼう、などといった誘いで、それを読んだクリストファは焦れた気持ちになった。

仔馬は見たいし、アシュリーとも遊びたい。だが、彼が望んでいるのは不特定多数の友人のうちの一人としてではなく、アシュリーと二人だけで遊ぶことだった。

クリストファは、剣の教師に教えを受けるのと同時に、たまにアシュリーの話を聞かせてもらえることを密かに楽しみにしていた。近いうちになんとかしてアシュリーと再会し、最近新たに見つけた館の中の素敵な隠れ場所のことを話したり、今度こそ新しい自分の剣で対戦をしてもらいたいと願っていたが、運悪く、両家に出入りしていた剣の教師がバーデ侯爵家をクビにされたことで、彼との繋がりは途切れてしまった。

アシュリーはバーデ侯爵の跡継ぎで、父親は軍人ではない。母親は跡継ぎ息子が剣士になりたがり、剣の稽古にばかり明け暮れていることを良く思っていなかったらしいが、このリンデーグ帝国を含めた周辺国では、剣の腕前は財力と身分に次いで重要視されるものだ。だから、クリストファの父はどうにかして嫌がる次男にも剣を持たせようとしたのだ。アシュリーも、たとえ将来的には父と同じ帝国議員への道を歩くにせよ、剣の稽古をしておいて悪いことなんて一つもないはずなのに。

剣嫌いだった以前の自分を棚に上げて、クリストファはひどくがっかりしたが、貴族の世界は意外に狭い。ヴァレリー伯爵家とバーデ侯爵家とに個人的な付き合いはなく、直近でアシュリーに会えそうなきっかけはなかったが、いつか必ずその機会は得られるはずだと信じていた。

アシュリーに会いたくとも、友人に囲まれている彼に会いたくはなくて、返事を書けずに悩んでいるうちに、いつしか手紙は来なくなってしまった。

それからも、クリストファは伯爵家の次男として勉学に向き合いながら、剣の腕を熱心に磨き続け、アシュリーのことを忘れられないまま、十五歳になった。

十六歳になれば、皇帝主催の剣技大会に出場できる。二歳年上のアシュリーは、当時、すでに二年連続で入賞し、今年は驚いたことに優勝を勝ち取った。皇帝から直接の褒め言葉と褒賞を授けられ、来年も一番の注目株となっている。決勝まで勝ち進めば、そんな彼と、剣を交えることで再会できるかもしれない。

そうしてクリストファは、剣技大会に参加が許される年になるのを心待ちにしてときを過ごした。

アシュリーにとって自分は、幼い日にたった二度、遊びに付き合っただけの子供だろう。

だが、クリストファにとっては違う。

アシュリーは、悲しみのあまり深い闇に呑み込まれそうになっていた自分の人生を、光の射すほうへと引き上げてくれた人だ。

あのときの礼を伝えたい。

彼と剣を交えてみたい。

そしてただ、アシュリーにもう一度会いたい。

——彼は、自分を覚えていてくれるだろうか。

＊

新緑の木立に囲まれた緩やかな山道を、二頭の馬が連なって進んでいく。

木漏れ日が射す中、馬たちは山の中腹辺りまで辿り着く。道の勾配がきつくなり始めるちょうど手前の切り株のあるところで愛馬の足を止めると、アシュリーは馬上から後ろに目を向けた。

「シモンはここで待っていて」

後ろをついてきていた側仕えのシモンは、馬に跨ったまま苦い顔になる。

「アシュリー様、本当に頂上まで行かれるのですか……？」

シモンは現在十八歳のアシュリーより三歳年上のバーデ侯爵家の使用人で、だいたいどこに行くにもこうしてついてくる。たまには一人で行きたいと言っても無駄だ。おおかた『何があっても大切な跡継ぎ息子を守るように』と、雇い主である侯爵夫人、つまりアシュリーの母からきつく命じられているのだろう。

とはいえ、シモンもなかなかの腕前ではあるが、アシュリーのほうが剣の腕が立つので、実質的には警護というより、危険がないように気を配るためのお目付け役である。

アシュリーが今日、こうしてシモンを従えて遠乗りに出かけ、帝都近郊にそびえるこの山までやってきたのは、母であるヨゼフィーネの願いを叶えるためだった。

――近頃、リンデーグ帝国の帝都、ミュルーズで暮らす貴婦人たちの間では、とある流行が席巻している。

やたらと『青色の装飾品』がもてはやされ、重宝されているのだ。

なんでも、最近皇帝に嫁いだばかりの皇妃の瞳の色がサファイアブルーで、着飾るものも瞳の色に合うような青系統の色を好んでいるらしく、その影響から、帝都の社交界に空前の青色ブームが到来しているようだ。少しでも皇妃に近づいて、気に入られたい貴婦人たちは、ドレスや宝石、帽子や靴や扇などに青を取り入れることくらいはすでに誰もがしていて、さらに流行がエスカレートした今、最も流行っているのは自然物の青――つまり、青い鳥の羽根や青い花などを身に着けることなのだという。

だが、自然界に存在する青は珍しく、どちらも滅多に手に入るものではない。

そんな中で、先日、どうやってか淡く青みがかった薔薇を皇妃に贈った花屋は、さっそく宮殿御用達とされて皇妃に召し抱えられたらしい。

その珍しい青色の装飾物を手に入れ、もし自らが身に着ければ、社交界で注目の的となれる。または、皇妃に恭しく献上したなら大変感激され、側近くに引き立ててもらえることだろう。

そのために今、帝都の貴婦人たちは、御用達の商人や館の使いの者に金貨を詰んで頼み、目の色を変えて青い鳥や花を探し求めているそうだ。

そんな昨今、バーデ侯爵夫人――つまりアシュリーの母であるヨゼフィーネもまた世間の流行に乗ろうと必死だった。あまり身分の高くない男爵家の出である母は、侯爵家への嫁入りによって一気に貴族の夫人たちの仲間入りを果たしたので、決して周囲から見下されないようにとそればかりを気にしているのだ。

彼女はちょうど数日前、いつも何かと張り合っている伯爵夫人が、とある山に密かに使用人を向かわせたという噂を小耳に挟んだらしい。

その使用人は固く口止めをされていたようだが、金貨を握らせて聞き出させたところ、件の山の頂上付近には極めて珍しい青いユリが咲いているという話を漏らした。さらには、同じ山中には青い鳥が飛んでいるのを見た者もいるという話を知って、ヨゼフィーネは歓喜した。

彼女が喜んだのには理由があった。ヨゼフィーネの一人息子で侯爵家の跡継ぎでもあるアシュリーは、晩餐会や茶会が大好きな母とは異なり、ほとんど社交界の交流の場には出ていかないため世事には疎い。その代わり、日々剣の腕前を磨き、先々は軍人になるか、剣の教師になって子供たちに剣技を教えたいと言い張り、栗毛の愛馬であるローザと共に遠乗りに出ることを何よりも好んでいる。

普段は小言を言うばかりの息子のその趣味を思い出し、ヨゼフィーネは話を聞いてすぐ、アシュリーのところにやってきた。

なぜなら、青いユリが咲くという件の山は、アシュリーが時々遠乗りに行く場所のうちの一つだったからだ。

それが、まさに今、シモンと共にやってきたこの山だ。

帝都にあるバーデ侯爵家の館からは馬で三、四時間程度の距離があるが、アシュリーは確かに、少し前までたびたび好んでこの山を訪れていた。

帝都の外れにそびえるこの山は、登るのが少々困難な箇所もあるけれど、馬の足で館までちょうど日帰りできる距離の上に道が険しく、狩りに向かないため人けもない。他のところへ遠乗りに行くときは友人である貴族の家の子息たちと一緒のこともあるけれど、そういうときはもっと穏やかな経路の行き先を選ぶ。だから、この山に来るときはシモンしか伴わない。頂上からの景色が見事で、気詰まりなときにやってきて一人で息抜きができる、アシュリーの密かな気に入りの場所なのだ。

そもそも、この山は木や草が深く生い茂っていて、頂上まで登れる道は一本だけしかない。人の足で登り切るには相当な距離があるせいか、人の姿を見ることもない上、ところどころに岩場や崖ぎりぎりの場所があって、登れる馬も限られているのだ。

しかし、身の軽いアシュリーと賢いローザの組み合わせであれば、それほどの難所というわけでもない。

これまで訪れたときは開花の季節ではなかったせいか、アシュリーは青いユリとやらを見た覚えはなかった。

それに、ある事情から、最近はその山を訪れることは控えていたのだが、切羽詰まった表情をした母のたっての頼みとなれば、断るわけにはいかない。

昨日の午後、一連の話を聞いたアシュリーは『わかりました。明日にでも遠乗りがてら探しに行って、きっと僕が見つけてきますから』と胸を叩いたのだった。

元々、息子が願いを叶えてくれることを期待していたのだろう、大喜びした母は『伯爵家の使用人は口が軽かったから、どうか他の家の者に先を越されないでね。全部摘まれてしまっては困るわ』と念を押してきた。

アシュリーは苦笑して頷いたが、静かに後ろに控えていたシモンは、内心ではそれを不服に思っていたらしい。彼は顔をしかめて言った。

「アシュリー様がお茶会の誘いには気乗りせず、あちこちに遠乗りに行かれたり、ご友人たちと剣の打ち合いに精を出されたりするのにはいつも苦い顔をされていらしたのに、ヨゼフィーネ様はこういうときだけ……」

「――シモン」

小さく笑って、アシュリーは彼の言葉を遮る。

「青色の花は金貨を出せば買えるという類いのものではないから、お母様も友人たちを出し抜きたくて必死なんだよ」

「ですが、それも他家の使用人から聞き出した程度の話で、実際にここに生えているという確証もありませんし……そもそも、伯爵家から何度も人手を行かせているなら、もう摘み尽くされたあとなのでは？」

シモンの言い分ももっともだ。だが、アシュリーは首を横に振った。

「もし生えているなら、きっと一本だけということはないだろう。探せばどこかには残っているかも」

そう言いつつもアシュリーは内心で、本当に花が咲いているとすれば、きっとまだ摘まれてはいないはずだと考えていた。

「侯爵夫人がご希望されるお気持ちもわかりますが、社交界のご夫人同士の見え争いに、何もアシュリー様が巻き込まれなくとも……それに、万が一にも他の山のように崖崩れでも起きて巻き込まれたりすれば、お命に関わります」

少し前に、帝都から遥か彼方の国境付近に連なる山脈に大規模な山崩れが起きたことは、アシュリーも聞いていた。雪解けの時期に季節外れの大雨が続いたことが原因かもしれない。だが、今来たこの山の土は、岩交じりで地盤も固く、山崩れが起きた山とは高さも土の性質も異なっている。

すでに何度も登ったことのある山なのに、彼がアシュリーを頂上まで行かせることをやたらと渋るのは、まったく別の場所で起きたものとはいえ、その山崩れの件を不安視しているからだろう。

シモンは真剣な顔でさらに畳みかけてくる。

「もしかしたら、頂上には同じように青い花を探しに来た伯爵家の使いの者たちがいるかもしれませんし、そこへ私が一緒についていけないのは不安です。この辺りを少し探してみるだけにして、山頂には行かずにこのまま館に戻りませんか？」

シモンの愛馬は体格が良く、急ぎのときには力強い俊足を発揮するが、これから頂上へ向かう悪路に立ち入るには不向きだ。しかも、乗るシモン自身もがっしりとしていて大柄なので、何度かこの山を訪れたときはいつも、勾配が突然急になる手前のこの辺りで待機してもらっていた。

「まだこの山の話は帝都でも噂にはなっていないようですが、もし商人に知れれば、どんな手段をとってでも手に入れて皇妃様に献上しようと思う者がいないとも限りません。万が一、侯爵家の宝であるアシュリー様が、山頂でそんな輩と遭遇でもしたら……」

「大丈夫だよ、シモン。ここの山中で誰かに会う可能性は相当少ないと思うし、だいたい、僕に危害を加えられる者なんてそういないよ」

不安そうなシモンの言葉に、思わずアシュリーは苦笑する。

〝侯爵家の宝〟というのは、巷で噂されているというアシュリーの容貌のことだ。アシュリーの顔立ちは、中流階級の商人の家の出ながら、その美貌を父に見初められてバーデ侯爵家に嫁いだ母によく似ている。

光に輝くさらさらしたまっすぐな漆黒の髪に、鈍い金交じりの琥珀色の瞳は、誰に会っても一瞬目を留められ、綺麗だと称賛される。

しかし、見た目だけで言えば細身で力もなさそうに見えるだろうが、日々鍛錬を欠かさずに打ち込んでいる剣の腕は、そこらの軍人にも引けを取らない。もし、安易に襲いかかってくる者がいても返り討ちにできる程度の自信はあった。

帰ろうというシモンの提案に、愛馬の手綱を握り直すと、アシュリーは言った。

「せっかくここまで来たんだし、頂上まで行ってくるよ。普段、剣の稽古や遠乗りに苦い顔をしつつも、なんだかんだと自由にさせてもらっているのだから、僕もたまには親孝行しなければね。軍に入ることはやはり許してはもらえないけれど、今年もなんとか剣技大会には参加させてもらえそうだし」

明るく言って、アシュリーはシモンの不安を消そうとする。

「それにほら、もし運が良ければ、花だけじゃなくて青い鳥の羽根だって拾えるかもしれない。万が一誰かに会っても、僕にはこうして剣があるのだから大丈夫だよ」

腰から下げているのは、生まれたとき祖父から贈られたという美しい金色の剣だ。大切にして日々磨いているその剣にちらりと視線を向け、アシュリーは微笑んだ。得意の剣は負け知らずで、一昨年初めて出場した年に三位に入賞し、昨年は並み居る剣豪たちを抑え込んで優勝したという腕前を誇っている。

もう頂上まではそれほど遠くない。目的の花を見つけたらすぐに戻ってくるし、もし見つからなくても、無理にねばって探し回ることはせず、そこそこで切り上げるからと約束して、シモンには渋々ながら納得してもらった。

シモンにはその場で待っていてもらい、アシュリーはローザと共に山頂への道をさらに進んでいく。

母に急かされるようにして朝のうちに館を出発したので、まだ時刻は昼前で、太陽の位置も高い。とはいえ、ここから山頂までは往復で一時間程度はかかるし、山頂で探索する必要もあるから、あまりのんびりしているわけにはいかない。

目的の青いユリを見つけたら入れるため、背中には空の矢筒を斜めがけにしてきた。これに入れれば極力花びらを傷つけずに館まで持って帰れるだろう。

だんだんと勾配がきつくなっていく山道には、やはり、ごく最近誰かが踏み入ったのだろう、馬の蹄が草を踏み締めて進んだらしき痕跡がかすかに残されている。

実は、アシュリーには密かな希望があった。

――もしヨゼフィーネのライバルである伯爵夫人の使いの者たちが先に来ていたとしても、おそらく、頂上まではまだ辿り着けていないのではないか、と。

帝都から距離のあるこの山には誰もが馬でやってくる。だが、この先のある地点を越えたところからは、よほど馬の扱いが巧みな者でない限り、必ず馬を下りて進むことになるからだ。

遠乗りを止められないようにとシモンや母には内緒にしていたけれど、最後に来たとき、実はこの道のもう少し先の斜面に幾筋かの亀裂が入っていた。

進むことを躊躇わせるようなその亀裂は、斜面を横切りずっと先まで延びていて、そこを迂回するとしたら、馬を下り、草の生い茂った林道の中に踏み入って、渡れそうな場所を探して斜面を歩き回るしかない。そして少し進めば、亀裂の入ったあの道以外は到底進めないほど険しい道であるとわかるはずだ。この山に慣れているアシュリー自身も、最後に来たときには迂回路を探せず、やむなくそれ以上登らずに戻ったほどだ。

実りを期待できるような樹木もなく、周辺の街人もまず登らないような険しい道で、注意喚起も未だされてはいないようだ。地質は固めで、容易く崩れるような山ではないものの、誰もがこの亀裂まで来れば、これ以上進むのは危険だと感じて引き返すのが普通だろう。

だが、今日は大切な目的がある。それぞれが極めて身軽で息も合っているアシュリーとローザなら、やろうと思えば亀裂の先にも進める。

「行こう、ローザ」

声をかけると、承知したというみたいに、ローザは少し距離のあるところから勢いをつけ、亀裂に向かって駆け出す。

幾筋か開いた亀裂を軽々と見事に跳び越えて、ローザは危なげなく向こう側に着地した。

「よくやった」とアシュリーは愛馬にねぎらいの言葉をかける。

さらにその先へと進むうち、予想は確信を伴ったものに変わった。

（やっぱり……）

そうではないかと考えていた通り、最大の難関である亀裂の手前までで、馬の蹄の痕跡は消えていたのだ。

アシュリーは安堵の息を吐き、意気揚々とした足取りのローザと共に、さらに先へと足を進めた。


しかし、ようやく山頂に辿り着いたあと、浮かれていた気持ちはそう経たないうちに萎んでしまった。

「ないな……」

そう呟いて、アシュリーは苦い顔で辺りを見回す。

一通り頂上を探してみたけれど、青いユリはいっこうに見つからない。

山の中腹で難所の亀裂を跳び越えたあとも、ところどころに大小の岩や石が転がっていたが、賢いローザはひょいひょいと器用にそれらを避けて進んだ。徐々に勾配は険しくなったが、手綱を操るアシュリーはまるでローザと一体になったように危なげなく障害物を避けて登り続け、無事に山頂に到着することができた。

登り切ると、人けのない山頂は、岩や茂みが点在したそれなりの広さのある開けた空間になっている。

辺りを見下ろせば、薄曇りの空の下、遥か彼方の山のふもとに街が見えた。澄んだ空気と開けた視界は爽快で、わずかに汗ばんだ体に少し肌寒いのが心地いい。

アシュリーはさっそく探索に取りかかり、いったんローザに乗ったままぐるりと辺りを一回りした後、今度はローザを下りて徒歩で歩き回った。

しかし、件の花が生えていた痕跡すらも見つけられず、改めてもう一度、じっくり探してみようと気を取り直し、再び歩き始めたところだ。

あちこちを覗き込み、目を皿のようにして探しながら、わずかな苛立ちと諦めとが綯い交ぜになった気持ちで唇を噛む。

しかし、小一時間ほどかけて、もう探していないところはないというほど念入りに確認したあとは、がっくりと肩を落とすしかなかった。

「これだけ探してだめなら、ここには生えていないみたいだ」

頂上にはいくつかの低木が茂っている以外、ほとんど木という木は生えておらず、開けた山肌が姿をさらしている。散々岩場の陰を覗き、ぽつぽつとある茂みの中もかき分けて、見落としのないようにじっくり探し回ったけれど、山頂には青いユリの花びら一枚すらも落ちてはいなかった。

悔しいけれど、どうしようもない。

「仕方ない……シモンを待たせているし、もう戻らなきゃ」

もうここにはぜったいにないと確信したあと、低木の枝に繋いでいた手綱を解く。草を食んでいたローザが嬉々として顔を上げた。

登ってきたときの清々しさとは裏腹に、目的のものを見つけられずに重たい気持ちで再びローザに跨ると、アシュリーは小さくため息を吐いた。

顔を曇らせて、ローザの手綱を操り、登ってきた道を戻っていく。

多少の危険を冒してでも、使いの者を行かせるのではなく自らが赴き、母のために青いユリを持って帰りたかったのには、とある理由があった。


侯爵家の一人息子であるアシュリーは、いつかは妻を迎え、父の跡を継ぐようにと言われ、母の期待と父の愛情を一身に受けて育ってきた。

しかし、わずかな曇りもなかったはずの将来に初めて陰りを感じたのは、二年前のことだ。

この世界の人間は、誰もが三つの属性に分けられる。

——ごく普通の人間であるベータ属に、男の身ながら子を生むことのできる美しいオメガ属。

それから、周囲を圧倒するような優れた能力に際立った美貌、さらには強靭な肉体を持つというアルファ属の三種類だ。

中でも、全人口の一割程度といわれるアルファ属に比べ、オメガ属は数百人に一人とも数千人に一人ともいわれるほど少なく、昨今では滅多に生まれない。

つまり、ほとんどの民がベータ属か、アルファ属だ。

アルファ属の子はアルファに、ベータ属の子はベータになることがほとんどだが、オメガ属だけは遺伝によらず、突然変異のように誕生するといわれている。

オメガ属とアルファ属の者は、生殖年齢に達して徐々に体の成長が止まる頃が近づくと、普通の人間であるベータ属との違いが如実に現れ始める。

アルファ属は長身で極めて性欲が旺盛になり、オメガ属のほうは少年らしさを残したやや華奢な体つきのまま成長が止まり、雌を孕ませる能力は持たず、雄と性交することで子を残す。

そして、アルファとオメガのどちらの種属も一目でそれとわかるほどの美貌を持ち、アルファ属の者はだいたいが優れた能力を発揮して自然と人々を率いるような地位につく。

リンデーグ帝国の現皇帝とその妃も当然のようにアルファで、主要王族や貴族もほとんどがアルファ属の者らしい。

　アシュリーの両親もアルファ属だ。二人の子であるアシュリーは、これまで誰からも容姿や身体能力を褒められてきた。だからずっと、自分もアルファ属なのだろうと疑わずに育ってきた。

　しかし、成長したあといつまで経ってもアルファ属らしき明確な変化は訪れず、十六歳のときに誰もが受けることになっている医師の確定診断では『オメガ属である』という予想外の結果を突きつけられることになってしまった。

　古くから、アルファ属は様々な意味で人々から尊敬の眼差しを向けられる憧れの存在だが、オメガはそもそも滅多に生まれない存在だ。また、孕める雄であるという事実を恥じて属性も隠す者もいるために実態が把握されにくく、希少過ぎて尊敬も侮蔑もされようがない。

　つまり『一度も見たことも、会ったこともない』という者がほとんどな、極めて珍しい伝説のような存在なのだ。

　だから、驚きはあったし落胆したものの、アシュリー自身は落ち込むというほどもなく、その事実を淡々と受け入れた。十代になってからも、どんなに鍛えたところで筋肉のつきにくい細身の体格に疑問を抱き始めていたからだ――まさか、孕めるオメガ属だったせいだとは、夢にも思わなかったけれど。

しかし、やはり自慢の一人息子はアルファ属だと思い込んでいたらしい母は、描いていた将来像が崩れてしばらくの間沈み込んでいた。いつか妻を迎えて侯爵家を継ぐはずだった息子が、あろうことか、婿をとる未来しか選べなくなったからだ。

その上、他者に知られれば、おそらく奇異の目で見られる可能性のほうが高い。とても友人には言えないと、今でもアシュリーがオメガ属であることは人には言うなと固く口止めされていて、知っているのは母と、それからかかりつけの医師くらいのものなのだ。父にすら黙っているようにと言われ、表向きはベータ属だったことにされているのだから。

正直、属性が判明した当時は、母のその反応になんとも複雑な気持ちになった。

そんな経緯もあって、その頃から少し距離を感じていた母が、珍しく自分に頼み事をしてきてくれたことが、アシュリーは嬉しかった。

自分は母の期待を裏切るオメガ属だったけれど、せめて彼女の望む花を持ち帰って喜ばせ、少しでも役に立てると証明したかった——。

(だけど、だめだったな……)

山頂には、花が刈り取られたような形跡はまったく見当たらなかった。

そもそも、この山に生えているという情報が誤りだったのか、それとも――。

すごすごと手ぶらで館に戻り、青いユリを見つけられなかったと伝えたら、期待して待っている母はどれだけ落胆するだろう。

悲しい気持ちになり、頭の中であれこれと考えながらローザと共に急な山道を下っていく。そのときふと、アシュリーの視界の端に映ったものがあった。

「ローザ、止まれ」

とっさに声をかけて、どうにか手綱を引く。斜面の中でもとどまっていられそうな足場を見つけて、慎重にローザの背から下りる。木々の間に分け入り、下草を避けながら進む。

「あった……！」

草の合間には、先ほど一瞬だけ見えたものがひっそりと確かに生えていて、アシュリーの心は高揚した。

見つけたのは、青みがかったユリのつぼみだった。

それは頂上ではなく、山頂からすぐそばの林の中に生えていた。

よく見ると、つぼみが三つほどついている株が、そばにあるものも含めると四か所ほど生えている。しかも、どれもまだ開いてはいない。丁重にその一株からつぼみのついた二本の茎を手折り、背負っていた矢筒を下ろしてその中にそっと収め、やっと息を吐く。

無事に目的は果たした。あとは、大事に持って帰るだけだ。

「ローザ、やったよ、見つけた！」

晴れ晴れとした気持ちで待たせていたローザの元に戻り、急いで帰路につく。もうじき再び難所の亀裂に差しかかるが、あそこを無事に越えさえすれば、もうなんの問題もない。

この花を持ち帰って見せたら、母はきっと喜んでくれるはずだ。

覚えている景色の中で、亀裂のある場所が近づいてくる。アシュリーはローザを促し、そこを難なく跳び越えるために少しずつ駆ける速度を上げていく。

ちょうどそのときだった。

林道のほうから何か不可解な物音がした。鳥の鳴き声にも似ているが、狩猟笛のような音でもある。

(こんな狩りに適さない山で……？)

頭の中で考えながらハッとして目を向けると、どうやら同じ音に驚いたらしく、山道のすぐそばに生えていた木に止まっていた鳥の一群がバサバサと勢いよく空へと飛び立った。

すると、翼の音に反応して、ローザが突然その場にぐっと蹄を踏ん張る。

「ローザ、だめだ!!」

だが、最悪なことに、急勾配の下り道を進んでいた馬の足には、亀裂を跳び越えるためにかなりの勢いがついていた。

ローザの首に叩きつけられるようにしてしがみついたアシュリーは、間近に迫った亀裂にもろともに滑り落ちそうな危機感を覚え、慌てて手綱を引く。

しかし、先ほどの鳥に驚いたまま、落ち着きを取り戻せていなかったローザは、激しい嘶きを上げて、あろうことか突然後ろ足で立ち上がってしまう。

「うわああああっっ!?」

その瞬間、アシュリーは重心を失い、受け身を取ることもできずにローザの背中から地面に思い切り投げ出された。

激しい衝撃とともに、山道を囲む木に背中から叩きつけられる。

ローザの無事と、大切なユリを収めた矢筒のことが頭をかすめたが、地面に倒れたアシュリーはなすすべもなく意識を失った。

＊

「……さま、アシュリー様……!?」

誰かの切羽詰まったような声が、耳元で聞こえる。

聞き覚えのない青年の声だ。

返事をしようとしたが、喉がからからに渇いていて、どうしてなのか声が出ない。うっすらと開けた視界は逆に潤み、ぼんやりするばかりでよく見えない。

どうにか開けたものの、瞼すらも重く感じ、体全体が鉛のようにずっしりとして腕すらまともに動かせなかった。

なぜなのかわからない。少し手を動かせる程度で、起き上がったり歩いたりすることなどまったくできそうもないのだ。

――いったい、自分はどうしてしまったのか。

「……み……、ず……」

水、と言えたのだろうか。背中に何かを挟まれて、丁重な扱いで体を起こされる。すぐ口元に何かが触れ、ごくわずかにぬるい水が流し込まれた。吸い飲みらしきものから、こくり、とどうにか二口ばかり飲む。ホッとして小さく息を吐くと、ガラスの飲み口が離れる。

「すぐに医師を呼んでまいります、それから、侯爵様も……！」

声の主は焦ったようにそう言い置いて、そばを離れていく気配がする。

待って、と呼び止めたかったが、アシュリーが声を絞り出せるようになる前に、その人物は慌ただしく部屋を出ていってしまった。

ぼうっとしたまま身を起こす力も出ず、アシュリーはただ彼が戻ってくるのをひたすら待っていた。

ずいぶん経ってから、先ほどの声の主がもう一人の人物を伴って部屋に入ってくる。

その頃には、ぼやけていたアシュリーの視界はどうにかまともにものを映せるようになっていた。

改めて見えるようになると、先ほどの声の主は、いかにも真面目そうな雰囲気をした、十代半ばくらいの青年だった。まだ少年らしさの残る整った顔立ちに心配そうな表情を浮かべてアシュリーを見つめている。

見覚えがないので、新しい使用人なのだろうかと考えていると、その視線に気づいたのか、彼が丁寧な口調で説明してくれた。

「アシュリー様、ご挨拶が遅れて申し訳ありません、私はリュカといいます。昨年このお館に移ってきた側仕えの者です。いま、お医者様を呼んできました」

リュカと名乗るその青年に連れてこられた若い医師は、昔から侯爵家の人間を診てきた顔馴染みの老医師とは違う者だ。

医師はアシュリーの手を取って脈を計り、心臓の音を聴く。そのとき、アシュリーは自分の腕があまりにも痩せ細っていることに驚いた。それから医師は毛布を捲り、確かめるように足首の辺りに触れ、一通りの診察を終えると、頷いて口を開いた。

「足の怪我以外には問題はないようです。ただ、やはり脈が非常に弱い。長い間寝たきりだったせいでしょうから、できるだけ昼間は日光に当たり、徐々に庭を散歩するなどして体を動かしたほうがいい。それから、消化が良く、滋養のあるものを食べて、少しずつでも体力の回復に努めてください」

(足の怪我……？　寝たきり、って……？)

「せ……先生」

かすれた声でアシュリーが呼びかけると、立ち上がりかけた医師が動きを止める。

「僕は、いったい……怪我、というのは……？」

必死に声を絞り出した問いに、まだ若い医師は痛ましげな目をしてから、ちらりとリュカのほうに目を向けた。

「本当に先ほど目を開けられたばかりで、まだ、何もご説明できていないんです」とリュカがすまなそうに伝える。

すると、どこか居心地の悪そうな顔でもう一度寝台の脇にある椅子に座り直し、医師は淡々と説明してくれた。

彼は、これまでバーデ侯爵家かかりつけだった老医師が隠居する際に、入れ替わりでこの家の主治医になっただけなので、それほど詳しい事情は知らないのだという。

「ただ、遠乗りに出かけた山でアシュリー様が事故に遭い、頭と足を強打されたことと、それからこの四年間、意識のないまま眠り続けていたという話は聞いています」

（四年……!?）

その話に衝撃を受けたものの、アシュリーはあまりにも自由にならない自分の体の感覚がやっと腑に落ちた気がした。

それだけ寝たきりでいれば、痩せ細るのも仕方ない。道理で体が鉛のように重く、起き上がることすら難しいほど力が出ないはずだ。むしろ、これまで命があったことすら奇跡のようなものだろうと、説明に納得せざるを得ない。

十八歳だったアシュリーは、驚いたことに、すでに寝台の上で二十二回目の誕生日を迎えていたらしい。

医師によると、足の怪我は、落馬した際に左の膝と足首を強く打ったもので、すでに治癒はしているはずだが、アシュリーの意識が戻らなかったために事故以来まったく動かしていないことが気がかりらしい。固まって動きづらくなっていることは間違いないので、少しずつ動かしてみた上で、歩けるかどうか様子を見てほしいと言われたが、まだ体が重くて寝台から起き上がることすら自力ではできなかった。

必要最低限のことを説明して、医師がそそくさと帰っていく。

横になったまま見える位置にある壁の上部に設けられた小窓からは、夕暮れの光がかすかに射し込んでいる。

寝たきりで世話人が必要だったから移されたのだろうか、この部屋は日当たりも悪く、アシュリーが子供の頃から使ってきた二階にある広い自室ではない。先ほどからリュカ以外の使用人の姿はないが、シモンはどうしたのだろう、ローザは無事だろうか、父と母に会いたい、と頭の中で考えていると、リュカがそっと言った。

「侯爵様はまだ外出先から戻られていないのです。ですが、急ぎで知らせを送ってありますので、連絡がつき次第ここにいらっしゃるはずです」

父は帝国議会の一員なので、おそらく任務のために城に行っているか、もしくは貴族たちとの付き合いで出かけているのだろう。

リュカが気を回して、まだ自分では何もできないアシュリーに吸い飲みで水を飲ませ、背中のクッションの位置を調整して、楽な体勢にしてくれる。

「目覚めたばかりでお疲れでしょう。少し休憩なさってください。もう少ししたら、料理番に頼んで美味しいスープを作ってもらってきますから――」

「待って、リュカ」と、アシュリーは声を絞り出す。水を飲んだばかりのせいか、少しまともな声が出せた。

「スープよりも、ともかく、今のことを聞かせてほしい」

医師の話には驚いたし、疲労も感じてはいたが、まだ彼には聞かねばならないことがたくさんある。

アシュリーの疑問には気づいているようで、リュカは困ったように口籠もる。

「先ほど目覚められたばかりですし、お話しするのは、もう少し時間を置いて、落ち着かれてからのほうが……」と心配そうに言うので、余計に気にかかり、力の入らない体で必死に彼に手を伸ばす。

「お母様とシモンはどこ？　ローザに怪我は？　何があったのか、教えて」

まだ声はかすれているし、体は自力で起こしていられないくらいにふらふらだが、少しずつ頭ははっきりしてきた。

大丈夫だからと重ねて頼み込むと、彼はなぜか少し悲しそうに眉根を寄せる。

そのとき、忙しないノックの音とともに扉が開かれた。

「おお、アシュリー……！」

涙ぐみながら父がこちらに近づいてくる。寝台のそばにいたリュカが慌てて退くよりも早く、彼を押しのけるようにしてアシュリーのところまで来ると、父は涙を流しながら膝をついてアシュリーのまだ力の入らない手を取った。

「まさか目を覚ましてくれるとは……さあ、顔を見せておくれ」

「お父様……」

握ってくる手は温かい。立派な体格に見目のいい容貌をしていた父は四年の間にすっかり痩せ、記憶の中にあるよりずいぶん年を取ったように見えた。

まだ自力で起き上がることはできず、「リュカ……」と声をかける。すぐに彼は寄ってきて、アシュリーが楽に体を起こしていられるように背中に更にクッションをいくつか入れてくれる。やっと落ち着いて話せる体勢になり、アシュリーは口を開いた。

「お父様、僕、山で落馬して……」

「ああ、そうだ。医師も目を開ける可能性は低いと言っていた。だから、もう二度とこうして話すことはできないかと絶望していたよ。ヨゼフィーネがいたら、どんなに喜んだことか」

その言葉にアシュリーはぎくりとする。そういえば、外出していた父が駆けつけてくれたのに、なぜ母の姿がないのか。まさか、と思いながら「お母様は、どこに……？」と訊ねると、父はにわかにくしゃりと顔を歪める。

父が何かを言おうとしたとき、部屋の扉から入ってきた二つの人影があった。

一人はやや華美な雰囲気のドレスを纏った三十代くらいの女性で、十歳くらいの少年を連れている。身なりから貴族だとは思うが、どこの家の夫人なのだろう。アシュリーには見覚えのない顔だった。

アシュリーが療養している部屋に勝手に入ってきたのを怪訝に思うが、リュカも父も彼女を止めたり追い出す様子がない。

アシュリーが何かを訊ねる前に、言葉を選ぶみたいにうつむいていた父が、覚悟を決めたように顔を上げる。

それから、「落ち着いて聞いてほしい」と強張った表情で言い置き、話し始めた。

「――アシュリー様、眠れないのですか？」

夜半に様子を窺いに来たリュカがそっと訊ねてきた。

寝台の脇の燭台は、一本だけ蝋燭の明かりを灯したままにしてもらっている。もったいないとは思ったが、今は暗闇の中にいるのが恐ろしかった。かすかな光に照らされたリュカが、気遣うように寝台にいるアシュリーを見つめている。

「うん……ずっと寝ていたから」

「何か飲み物でもお持ちしましょうか？」

「大丈夫、今は何もいらないよ。気にせずにリュカは休んで」

そう言うと、それでもまだ彼は心配そうに「何かあればいつでもベルを鳴らしてくださいね。すぐに来ますから」と言ってから、静かに部屋を出ていく。

リュカはアシュリー専従の使用人で、いつでも駆けつけられるように続き部屋で寝起きしているそうだ。

一人になると、息を吐く。アシュリーは、夕方に聞いた父の話を、まだ現実のものとして受け止められずにいた。

自分が事故で意識不明の寝たきり状態になったあと、息子を回復させようと、母は国内外のありとあらゆる医師や祈祷師、果ては怪しげな呪《まじな》い師までをも進んで館に招き入れた。また、意識がないアシュリーが目を覚ますまでの間、どうにか体を保たせるため、栄養化の高い果実や滋養のある薬湯などをどんな遠くからでも取り寄せては、すりつぶして飲ませていたそうだ。

さらには過不足なくアシュリーの世話をさせるために、看護に当たる使用人を何人も雇い、その賃金や取り寄せた高価な薬代に金をつぎ込んだ。足りなくなれば、館にあった金目のものを片っ端から売り払い、たった数年で侯爵家の財産をほとんど食いつぶしてしまったそうだ。

暴走する母を止められなかった父は、周囲の目と噂に耐え切れず、誇りにしていた帝国議会の一員を辞退した。

その後、母は自分の実家に助けを求め、そちらまでも困窮するほど財産を吐き出させてしまった。それでもアシュリーは目覚めず、息子にすべてをかけていた母は、いつしか心を病んだ。結局、一年ほど前に父は母を実家に帰し、しばらく療養させることにしたのだという。

『……それから間もなく、ヨゼフィーネは亡くなったそうだ。ここにいたときから、ずいぶん思い詰めて行動もおかしくなっていたし、おそらく体も弱っていたんだろう。それでも、ずっとお前のことを案じていたよ』

母が、自分が事故に遭ったせいで亡くなった――？

だが、衝撃的過ぎる父の話は、それだけでは終わらなかった。

『父上！　まだおわらないのですか！』

派手なドレスの夫人が連れていた子供は、つまらなくなったのか侯爵の後ろをうろうろし始め、なぜか唐突にそう声を上げたのだ。わけがわからずに目をしばたたかせるアシュリーの前で苦笑すると、父はその子供の手を引いて自分の隣に立たせた。

『それから……実は、お前には言いづらいのだが……この子は、お前の義理の弟だ。今九歳で、アンドルーという』

（弟……？）

何を言われているのかさっぱりわからなかった。

『彼女はエリザベトで、私の妻だ』

ドレスの夫人を指して言い、完全に思考が停止しているアシュリーに、父は淡々と説明した。

『その……実は昔から、エリザベトとは知人を通して付き合いがあってね、お前の事故のあと、我が家が荒れて苦しかったときにも、気持ち的にも金銭面でも、ずいぶんと私の力になって支えてくれたんだ。それで昨年、正式に結婚することにした。お前とは年も八歳ほどしか離れていないから、話も合うだろう。良かったら仲良くしてやってくれ』

いつの間にかそばに寄ってきていた先ほどの夫人の手を取り、父は照れたように笑いながらぎこちなく言う。エリザベト、と呼ばれた女性が、微笑みながらこちらを見て何か言ったような気がしたが、アシュリーの耳には少しも届かなかった。

——母が亡くなったとたんに迎えた、まだ三十歳の義母に、アシュリーが事故に遭う前に生まれていたという義弟。

言葉の意味はわかるが状況は理解できず、愕然としたまま言葉も出ずに固まっているところへ、追い打ちをかけるようにさらに父が言った。

アシュリーの愛馬のローザは、アシュリーが背から落ちて意識を失ったあと、亀裂を跳び越えてシモンのところまで走った。どうやら、それでアシュリーが落馬し、怪我をしたことに気づいてもらえたらしい。

しかし、アシュリーが寝たきりになってからというもの、ローザは暴れ、人を乗せることを拒否するようになったのだという。手がつけられなくなったので、やむなく欲しいという人に引き取ってもらったが、その後、エサを食べずに病気になったという話を人づてに聞いたそうだ。「治った話は聞かないので、もしかしたら死んでしまったのかもしれない」と他人事のように言われて、アシュリーは絶望した。

その上、アシュリーのお目付け役だった側仕えのシモンも、侯爵家の跡継ぎを守れなかった責任を取らせてクビにし、館を追い出したというのだ。

そして今、アシュリーの治療費などが相当かさんだために、もう侯爵家にはほとんど残りの財産がない。だが、困窮したこの家に唯一の救いだったのは、幸運にも新たな侯爵夫人となったエリザベトは裕福な商家の出で、かなりの持参金を持って嫁いできてくれたことだった。

それでも今後、アンドルーの将来を考えるとまだまだ金は必要だ。

だから、早く元気になることを祈ってはいるが、もうこれ以上アシュリーのためにたびたび医師を呼んだり、高価な薬を煎じたりして多額の金を費やすことは難しい。

どうか、そういった苦しい事情もわかってほしい――と父は言った。

気づけば、いつの間にか父と後妻たちの一行は部屋を去っていて、あとには心配そうなリュカと呆然としたアシュリーだけが部屋に残されていた。

「……お気を落とされないように、などというのは、無理なことですよね……ですが、どうか今は、体力を回復することだけをお考えになってはいかがでしょう？　もっと元気になられて、少しずつでも体力がつけば、自由に動いたり、歩いたりできるようになります。

そうすれば、きっと気持ちも前向きになりますから……」

夕食に、料理番に作らせた温かいスープを持ってきて飲ませてくれながら、リュカがそう慰めてくれる。いい香りがするものの、さっぱり食欲は湧かない。何も考えられず、ただ目の前に差し出される味のわからないスプーンの中身を飲み下すことしかできなかった。

目は開けていても、人形のように生気のないアシュリーを辛そうに見つめながら、リュカはそっと自分がこの館に来た経緯を打ち明けた。

「私は元々、アシュリー様の母上、ヨゼフィーネ様の実家に雇われた使用人でした。ヨゼフィーネ様が昨年ご実家に戻ってこられるとき、もうこちらの侯爵家の使用人たちはほとんど解雇されていて人手が足りなかったので、あなたのお世話をするようにと命じられてきたんです。こちらに来てまだ一年ほどですが、ここしばらくはたまに他の使用人の手を借りる程度で、ほとんどすべてのアシュリー様のお世話をさせていただいています。侯爵様がおっしゃったように、確かに人手は少ないのですが、アシュリー様が体力を回復されるようにせいいっぱいお手伝いしますから、どうか、安心してお任せくださいね……」

リュカが一生懸命に自分を元気づけようとしてくれているのがわかる。ありがたいという気持ちが湧いたものの、礼を言う気力すらもなく、アシュリーはただこくりと小さく頷く。それでもリュカはホッとしたように微笑んでくれた。

一人になり、燭台に一本だけ灯された蝋燭の薄暗い明かりが照らす天井をぼんやりと見上げる。

リュカによると、やはりこの部屋は半地下で、元々は使用人が使っていたうちの一つらしい。生まれ育った館の中だが、これまでアシュリーは足を踏み入れたことすらない部屋なので、見覚えがないのも当然だった。

新たな侯爵夫人が嫁いでくる前に、寝たきりのアシュリーを世話する利便性のためという名目で移されたようだが、使っていない部屋なら他にいくらでもある。そう考えると、明らかに目障りなものを目立たない部屋に移動したかったとしか思えないひどい扱いだ。

自分の不注意で起こしたあの落馬事故で、何もかもが変わってしまった。

――母とローザの命。シモンの仕事。侯爵家と母の実家の財産。

様々なものを皆から失わせ、自分自身もまた、眠っている四年の間に、すべてを失っていた。

奇跡的に目を覚ましたアシュリーに残ったものといえば、痩せ細って満足に動かない体と、新たな妻子を迎えて、もう自分の家族ではない父だけだ。

金貨に換えられるものは全部売り払われ、残っていたのは、『これだけは何があってもアシュリーの手元に』と母が遺言した、母方の祖父がアシュリーの誕生祝いに誂えさせた剣だけだ。金の装飾が施され、柄の部分には宝石が埋め込まれているので、売ればいい値がついただろう。それでも、母はこれを意識の戻らない息子の元に残したのだ。

アシュリーはぎこちない動きで視線だけを移し、寝台のそばの壁にかけられた一振りの剣をじっと見つめる。

あのとき、青いユリを探しにさえ行かなければ。もしくは無理をせず、亀裂を飛び越えようなどとはせずに、もっと安全な方法を取っていたら。

目覚めてからのたった数時間で一気に叩きつけられた状況はあまりに残酷過ぎて、とても現実のものとは思えなかった。

衝撃が大き過ぎて、泣きたいのに涙すら出ない。

もしこれが悪夢なら、どうか早く覚めてほしい――。

そう願いながら、アシュリーはただ呆然と天井を見つめ続けていた。

＊

「アシュリー様、ルーベン男爵家からお届け物です」

午後の穏やかな陽光が照らす中、杖をつきながら館の裏庭を歩いていたアシュリーの背中に声がかけられた。リュカの声だ。

「ありがとう、今戻るよ」

怪我をしたほうの足に負担がかからないように、ゆっくりと方向を変えて館に戻る。

目覚めてから三か月ほどが経った。

少しでも体力を回復するため、アシュリーはできる限り毎日体を動かそうと、一日に一度はこうして裏庭に出て散歩することにしている。

そんなアシュリーの目に、見慣れたはずの裏庭の惨状は物悲しく映った。

元いた使用人はほとんどが解雇されてしまい、今いる新たな使用人たちは後妻が家から連れてきた見知らぬ者たちばかりだ。庭師も、これまでいた者は一人を残して解雇されたそうで、今は前庭をどうにか取り繕うのみで、裏庭は完全に放置されている。母が好きな花を植えさせ、常に丹精されていた裏庭には一輪も花は咲いておらず、ただ土が盛られるばかりで、草がぼうぼうに生えた荒れ地のようだ。寂しい気持ちになりながら、アシュリ

ーは以前は瑞々しい季節の花が咲き誇っていた花壇の跡地の脇を通り、伸び放題でかたちの整わない生垣をくぐった。

館の裏口で待っていてくれたリュカは、にこにこしながら一抱えもある箱を手にしている。

「お使いの方によると、中身はいつものお薬類と、それからいいお肉が手に入ったので塩漬けにしたものと、焼き菓子やワインなどとのことでした」

「そう、いつも本当にありがたいことだ。お礼状を書かなくては」

肉は料理人に渡しておけば夕食に使ってもらえるだろう。おそらく、大半が父一家の口に入り、アシュリーの食事にはわずかしか並ばないだろうが、それでも滋養のある食べ物はありがたい。リュカと共に部屋に戻りながら、アシュリーは何よりも薬が届いたことを聞いてホッとした気持ちになっていた。それはリュカも同じだったようで、「もうじき飲み薬と塗り薬が切れそうだったので、本当に良かったです。お茶を淹れたら、お礼状のご用意をいたしますね」と彼は安堵した顔で言う。

届け物をしてくれたルーベン男爵家は、亡き母の実家だ。一人娘だった母が父の元に嫁いだあとで男爵が亡くなり、皇帝の許可を得て、母のかなり年配の従兄が爵位と家を継いだらしい。新たな当主となったその従兄は、アシュリーの療養中、母の頼みを聞いてかなりの額を用立ててくれたそうだ。しかも、母亡きあと、目覚めたアシュリーの窮状を知ったようで、こうしてたびたび届け物までしてくれている。

父はもうアシュリーのために高価な薬代を出す気もなければ、よほどのことがない限り医師も呼ぶことも許されない。そんな中で、まだ足の怪我が完治しておらず、体力も戻っていないアシュリーに必要な薬を送ってくれる男爵は、本当にありがたい存在だった。

ルーベン男爵家は王都の外れにあるので、親戚とはいえ母の従兄には子供の頃に数度会ったきりなのだが、まさかこんなに良くしてくれるなんて感激だ。足の具合がもっと良くなったら、まっさきに礼をしに行きたいと考えている。

部屋に戻ると、椅子に腰を下ろして息を吐く。先月からもう一人つけられたエルマという下働きの使用人が、すぐに水差しと汗を拭くための布を持ってきた。

エルマは、新たな侯爵夫人となったエリザベトが先月『使用人一人だけでは至らないことも多いでしょう』という手紙と共に、ある日突然寄越してきた。寝たきりだったときに比べれば、かなり世話の手間も減ってきたというのに、なぜ今頃、とリュカは少々不思議そうだ。時折アシュリーとリュカの会話に聞き耳を立てたり、届け物を興味深げに眺めているところから、おそらくはエリザベトがアシュリーの暮らしぶりを監視したくて送り込んだのだろう。だが、別に知られて困ることなど何もないし、盗《と》られないよう守るべきものもほとんどない。後妻の間諜であったとしても、少しでもリュカの負担が減るならそのほうがいいと、受け入れて働いてもらっていた。

リュカが水に浸して絞ってくれた布で、アシュリーは額に滲んだ汗を拭く。それからリュカはそばに跪くと、水で湿らせた布で手を一本ずつ丁寧に拭いてくれる。

手を清め終わると彼はいったん下がり、今度は茶の用意を持って戻ってくる。もっとエルマにいろいろと頼んで楽をしていいのにと思うが、リュカはまだ彼女に気を許していならしく、アシュリーの食べ物や飲み物に関わることはぜったいにエルマには頼まないのだ。湯気の立つ茶をカップに注ぐと、リュカはアシュリーを見て微笑んだ。

「アシュリー様、今日は顔色がとても良く見えます」

「少し長めに散歩したからかな。一日でも早く杖なしで歩けるようになりたいから」

「きっとすぐになりますよ」と言うリュカはやけに嬉しそうだ。

薄暗い使用人部屋から移った今の部屋は、一階だが、寝たきりだったときに追いやられていたあの部屋よりは倍以上も広くて日当たりもいい。以前使っていた広々としたバルコニー付きの部屋は、今はアンドルーのおもちゃ部屋になっていると聞いて悲しい気持ちになったが、仕方ない。

リュカは本人が宣言した通り、本当に親身になってアシュリーの世話に明け暮れている。

『寝たきりのときならともかく、目覚められたのですからもっと日当たりのいい部屋に』と何度も家令に訴え、侯爵にもそれを伝えさせた。最終的にアシュリーは、元の部屋まではいかないものの、ずいぶんましなこの部屋へと移動させてもらえた。すべて、リュカの努力の賜物だ。

何もかもを諦めたアシュリーには、自ら父に何かを頼む気力すらも起きなかった。

だが、こうして薄暗い部屋から明るい光の射し込む部屋に移っただけでも、不思議なくらい塞いでいた気持ちがましになるのを感じた。

様変わりした状況に、しばらくの間は何も考えられないほどアシュリーは絶望していたが、部屋を変えてもらい、明るい部屋の中で過ごすうちに、このままではいけないと気づいた。

皆を不幸にしてしまい、死んでいたほうが楽だったように思えたけれど、自分は命を救われた。ならば、どんなに辛くとも、少しずつでも現実を受け入れて、前を向いて生きなくてはならない。

ともかく、まずはリュカの言う通り、体力を回復して歩けるようになることに没頭しようとアシュリーは決めた。

それからもリュカは『職人を呼んで杖を作ってもらいましょう。お庭に出て新鮮な空気を吸うのは体にいいですよ』や、『歩けるようになったら馬車でヨゼフィーネ様のお墓にお花を持っていきましょう』と毎日希望に満ちた言葉をかけ続け、アシュリーを一生懸命元気づけようとしてくれた。

そのおかげで、寝たきりのまま治癒したあと、ずっと動かさなかったせいですっかり固まってしまった左の足首と膝をなんとかしたいという気持ちが、アシュリーの中にむくむくと湧いてきた。やり過ぎると腫れてしまうので、男爵が送ってくれた腫れを引かせる薬を飲み、塗り薬を使いながら、毎日ゆっくりと膝と足首の関節を地道に動かすことを続ける。

まだ杖なしで歩くことはできないが、目覚めてすぐのほぼ固まっていたときに比べると少しずつだが強張りが取れてきた気がする。このまま努力し続ければ、走ることは無理でも、またいつか、杖なしで歩けるようになるかもしれない——。

もしリュカがいなければ、決してこんな希望を抱くことはできなかっただろう。

まだ十六歳ながら、リュカは容貌も整っているし、気が回るだけではなく芯が強く、使用人などにしておくにはあまりにももったいないほどの逸材だ。自分がいつか体を治し、将来的に侯爵家を継ぐときがきたら、ぜったいに彼を重用して側近にするだろう。

治療費や薬、差し入れだけではなく、こんなに心根の優しくて働き者の使用人を遣わせてくれるなんて、ルーベン男爵には重ね重ね深く感謝するほかはなかった。

まだまだ元通りには程遠いけれど、目覚めたときの痩せ細った状態に比べれば、ずいぶんと肉づきも戻ったし、荒れてぱさぱさだった髪や肌も、リュカが細やかに気遣ってくれるのでだいぶましになってきた。誰からも称賛されていた容貌には戻れずとも、せめて顔をしかめられるほどみすぼらしくない程度になればそれでいい。

茶を飲んでから、リュカが用意してくれた便箋に丁寧に感謝の気持ちを書いた。

封をして使いの者に託す前に、ふとリュカが言った。

「まだ便箋の用意はありますが、どなたか他の方にもお手紙をお書きになりませんか？」

そう訊かれて、アシュリーは戸惑った。

ごくわずかに残った古い使用人から、アシュリーが意識不明になった当初は、友人たちが心配してたびたび見舞いに来たり、贈り物を届けてくれていたことを伝えられた。

そのため、目覚めて少し体調が落ち着いてきた頃、アシュリーはまっさきに彼らに礼と近況を伝える手紙を書いて送った。

しかし――もう誰からも返事がくることはなかったのだ。

仕方のないことだ、自分が世間との関わりを失ってから、もう四年も経っている。その間にバーデ侯爵家はすっかり没落し、父は栄誉ある帝国議会を辞して、社交界と繋がりのあった母も亡くなった。おそらく、今のアシュリーには、もう以前のような付き合いを復活させるだけの利点がないということなのだろう。

自分は十八歳から二十二歳の時間を失った。貴族社会に生きる彼らにとって、もはや自分は亡霊のようなものなのだ。これ以上連絡を取ろうとはしないほうがいい。

同年代の者たちの中にはそれなりに心を許した仲のいい友人もいたつもりだったが、所詮こんなものだったのだと納得しつつも、切ない気持ちになったのも確かだ。

少しの間のあと、リュカの問いかけにアシュリーは首を横に振った。

「いや、手紙はもういいよ。便箋は、次に男爵から贈り物をいただいたときのために取っておいて」

ルーベン男爵は、貴族には珍しいが筆不精らしく、いつも礼状を送ると使者に口頭で返事を伝えてくる。簡潔ではあるものの、毎回アシュリーの体を気遣う言葉をくれて、今となってはそれがアシュリーにとって唯一の外の世界との交流の機会だ。

頷いたリュカは、手早く便箋の箱を片付ける。エルマが洗濯室に行くと言って部屋を出るのを見てから、ふとリュカが訊ねてきた。

「アシュリー様……お寂しくはないのですか？」

一瞬、目を丸くすると、彼は慌てたように続けた。

「差し出がましいことを言って申し訳ありません。ですが、せっかく歩けるようになられたのに、館の敷地内に籠もりきりでは、お寂しいのではないかと……もしお会いになりたい方がいらしたら、せいいっぱいおもてなしの準備をしますから、どなたかお招きになりませんか？」

リュカの言葉に、思わずアシュリーは苦笑いを浮かべた。

「ありがとう、リュカ。でも正直に言うと、むしろ、今はまだあまり人に会いたいという気持ちは起きないんだ。それに、君がいつもそばにいてくれるから寂しくもないし、こうしてあれこれと気遣ってくれるから足りないものもない。本当に助かっているよ」

ぎこちなく手を伸ばして、そっと彼の肩に触れると、感激したみたいにリュカが目を潤ませる。そばに誰もいなくなったアシュリーにとって、今ではリュカだけが心の支えだ。

だが、もうそれだけでじゅうぶんだと思った。

ふと、半泣きになったリュカの顔に、なぜかかすかな既視感を覚えた気がした。だが、彼と会ったのはアシュリーが目覚めてからのことで、それより前に会ったことがあるはずはない。

きっと気のせいだろうと考えているうち、リュカは急いでごしごしと涙を拭いてにこっと笑みを作った。「お礼状を使者に持たせてきますね」と言ってぺこりと頭を下げ、急いで部屋を出ていく。

純粋なリュカの優しい思い遣りに触れ、アシュリーの胸の奥は温かな気持ちで満たされた。

「どうぞ」

残りの茶を飲んでいると、しばらくして扉がノックされた。

リュカが戻ってきたにしてはずいぶんと早いな、と思い、何気なく開いた扉のほうを見て、ぎくりと身を強張らせる。

「――失礼します。アシュリー様、こんにちは。少しよろしいかしら？」

そう言いながら笑みを浮かべて扉を開けたのは、予想外の人物だった。

「エリザベト様……どうかなさいましたか？」

父の後妻であるエリザベトは、困惑するアシュリーには構わずに側仕えの侍女を一人連れてそそくさと部屋の中に入ってきた。今日は父は一緒ではないようで、息子の姿もない。

アシュリーが杖を取って立ち上がろうとすると、「そのままで結構です。私も座って構いませんか？」と訊いてくる。断るわけにもいかずにどうぞと応じると、彼女は侍女を入り口辺りに控えさせ、小ぶりな円卓を挟んでアシュリーの向かい側にある椅子に優雅に腰を下ろした。

目覚めたあと父に再婚を知らされたが、まだ彼女に会うのは片手で足りるほどだ。

エリザベトは今日も手入れの行き届いた髪に、華やかなドレスを纏っている。アシュリーのほうは以前持っていたたくさんの仕立てのいい服はすべて売り払われ、今は日常着しか持っていない。二人がこうして向かい合うと、まるで令嬢と使用人のような差があるのを感じた。

落ち着いて眺めるのは初めてだったが、目を奪うような容貌だった母とは異なり、小作りな顔立ちには愛嬌がある。義母と呼ぶにはあまりに若く、少女のような雰囲気を持った女性だ。父は彼女のどこを好きになったのだろうとぼんやり考えていると、エリザベトがにっこりと笑いながら言った。

「最近だいぶ元気になられたと聞いて安心していましたのよ。足の具合もいいそうで、ずいぶん歩けるようになったとか」

「ええ、お気遣いありがとうございます」

朗らかな声の社交辞令に、複雑な気持ちでアシュリーは礼を言う。

父とその新しい家族とは食事も生活空間も完全に分かれていて、偶然顔を合わせる機会はいっさいない。父は最初に顔を見に来たとき以降、一度もアシュリーのところに来ることはなく、杖が届いてから、体力を取り戻すために前庭を散歩しようとすると、エリザベトの使用人がやってきて『散歩は裏庭でしてほしい』と伝えられた。

つまり、療養中の杖なしでは歩くことすらおぼつかない姿で来客の目につくのは避けてもらいたいという意味らしい。文句は言わずに従ったが、その一件から、自分が彼女たちにとってどういう存在なのかをアシュリーは痛いほど思い知らされていた。

それまでは、母との結婚中に父との間に子を生んでいたという倫理的な嫌悪感以外に、彼女に対する強い感情はなかったが、さすがに明確に邪魔者扱いされては好感など抱きようもない。

「今、使用人が皆用事で出払っていますので、お茶もお出しできませんが」

暗にもてなす用意はないと伝えたが「お茶なんて気にしないでください。お伝えすべきことを伝えたら、すぐに戻りますから」と彼女はあっさりと言う。

その様子を見て、もしかしたらエリザベトはリュカがいない今を見計らってやってきたのではないかと気づく。リュカがそばにいれば、もしアシュリーが無理難題を押しつけられれば、おそらく黙ってはいないだろうから。

(お伝えすべきことって……？)

怪訝そうな感情が顔に出ていたようで、エリザベトは小さく微笑んだ。

「少し前から侯爵様がとてもお悩みになっているのに、いつまで経ってもアシュリー様にお伝えしに行かれなくて……それではなかなかお話が進まないので、だったらと、思い切って私がお伝えしに来たんです。そんな顔なさらないで、あなたにとっても決して悪いお話ではないのですよ」

思わず眉を顰めたアシュリー様に、慌ててエリザベトは言う。

「実はね、アシュリー様に結婚を申し込んできた貴族の男性がいらっしゃるのです。しかも、お二方も！」

（結婚……!?）

まったく予想していなかった話に、アシュリーは唖然とした。

＊

その返事が国境の街、ローゼンシュタットの城に届けられたとき、書状を開いたクリストファ・オスヴァン・フォン・ランベールは我が目を疑った。

そこには、先日彼がバーデ侯爵宛てに送った、彼の子息であるアシュリー・フランシス・バーデへの結婚申し込みについての返事が綴られていたからだ。

――返答は『謹んで求婚をお受けする』。

信じられずに何度も何度も読み返し、いったん書状を閉じて、城の執務室の中を冬眠から目覚めた熊のようにうろうろと歩き回る。一瞬、窓ガラスに映った自分と目が合うと、初対面のほぼ全員から『怖い』と思われるほど冷徹な険しい顔は、今は完全に動揺し切って、あろうことかわずかに頬が紅潮してさえいる。

落ち着け、と自分に言い聞かせてから椅子に座り直し、改めて手紙を開いて読み返してみる。

中にはやはり、結婚を承諾する、という意味の言葉が書かれている。

「アシュリーどのが……私の元に嫁いでくる……」

やや呆然としたまま呟く。ランベールは皇帝の遠縁にあたり、まだ二十歳という若さでありながら、辺境伯という国防を担う地方長官兼領主の重責を任されている。常に落ち着き払って物事に当たっている彼だが、今は動揺のあまり狼狽え過ぎて、目の前に積まれた他の書状を読む仕事がまったく手につかなくなってしまった。

この国では貴族同士の婚姻が決まると、夫側が結婚に関わる費用を負担し、妻側が嫁ぐ日取りを決めるという習わしがある。

求婚を受け入れてもらえたのだから、まずはその支度金をバーデ侯爵家に贈る必要がある。

ランベールはすぐさま返事をしたためると、側近のシルヴァンを執務室へと呼んだ。

帝都から国境の街に移るときに連れてきた部下の中でも、十代で軍に入ったときからの知り合いで、最も信頼の置けるシルヴァンは、すぐに部屋にやってきた。

彼はリュエル子爵の跡継ぎで、長い金髪を後ろで結び、澄んだ青い色の目をしている。朗らかな性格で話しかけやすく、部下たちからも慕われている。それに対して、項までの銀髪に血のようなルビー色の目をしたランベールは、際立った美貌だと称されるものの愛想笑いなどはいっさいしないため、周囲から距離を置かれている。二人は見た目も性格も完全に対照的だ。

シルヴァンとは十六歳で初めて出場した剣技大会で対戦し、その後、入隊した軍で再会した。少年の時分に出会った当初は互いになんともいけ好かない相手だったが、今ではむしろ性格が違うところが付き合いやすいと感じている。人に好かれやすく、どんな難しい相手も懐柔できるほど社交的なシルヴァンと、真面目過ぎるほど実直で、かつ嘘をついたり誤魔化したりすることのないランベールはうまくいっている。こうして国境警備に配属されるときにも、自ら彼を選出してランベールは彼を帝都から同行した。彼は人付き合いが苦手な自分の足りない点をうまく補ってくれる、側近として必要不可欠な存在だ。

「失礼いたします。お呼びでしょうか」

シルヴァンは立場を弁えていて、二人だけのときでも酒の席でない限り敬語を崩さない。

「ああ。突然だが、結婚が決まった」

「それはおめでとうございます。ちなみに、どなた様のご結婚ですか？」

ランベールの答えににこやかな笑みを作り、シルヴァンは訊ねてくる。

「私だ」

ランベールの簡潔かつ唐突な答えに、シルヴァンは一瞬ぽかんと目を丸くした。

「クリストファ様ご自身が……？　い、い、いったい、いつそんなお話に……？　それより、お相手はどなたなのですか？」

珍しく動揺している様子の彼に、ランベールは経緯を説明する。

「相手は帝都のバーデ侯爵家子息、アシュリーどのだ。先月、父君である侯爵に申し込みの手紙を送った。帝国議員のジーゲル侯爵がアシュリーどのに求婚したらしいという噂を聞いて……私が任を解かれて帝都に戻るまで待っていては……奪われてしまうから」

「ああ……それでは、アシュリー様を、男嫁様《おとこよめ》としてお迎えになるのですね」と、やっと腑に落ちたという顔でシルヴァンは頷く。

以前、いくつか頼み事をしたことがあったので、彼はランベールがずっとアシュリーのことを気にかけていたと知っている。満面に笑みを浮かべ、姿勢を正すとシルヴァンは言った。

「改めて、おめでとうございます。では、さっそく花嫁様のお迎えの用意と、婚約式……それから、婚礼のための準備をしなくては」

すぐにでも家令や使用人たちに指示を出しそうなシルヴァンに、ランベールは「ちょっと待ってくれ」と言い、まずはバーデ家への使いを依頼した。

「本来は私が行くべきだが、長くここを離れるわけにはいかない。すまないが、侯爵家への使者は君に頼みたい。それから、しばし帝都の我が館に滞在し、先方の準備が整うまで待機して、アシュリーどのをこちらに連れてくるときの警護も任せたいのだが」

恙なくこの結婚を進めるため、アシュリーを迎えに行く任務は、最も信頼できる彼に頼みたかった。ランベールの気持ちがわかったのか「わかりました。必ずや無事に花嫁様をお連れします」と、シルヴァンはすぐに応じてくれた。

それから、家令を呼んで嫁入りの支度金としてじゅうぶん過ぎるほどの額の金貨を金庫から出すよう命じ、数人の部下と共に明日の朝一番で出発して、手紙と支度金とを帝都のバーデ家まで届けるようシルヴァンに頼む。

やけに嬉しそうなシルヴァンが執務室を出ていくと、ランベールは深く息を吐いた。すべきことを終えると、再び椅子に座り直して、もう一度、届いた書状を読み返す。

――先月、帝都から定期的に城を訪れる商人がいつものようにやってきた。彼は様々な珍しい品を並べて売りつけながら、ついでのように最近社交界を賑やかせている噂をあれこれと聞かせてきた。その一つとして『ああ、そうそう、例の眠り姫に求婚者が現れたとか』と話すのを耳にしたとき、ランベールは愕然とした。

少し前、山での事故のあと、ずっと意識不明のままだったバーデ侯爵家の跡継ぎが奇跡的に目覚めたという話は、すでに国境まで届いていた。

アシュリーはその類い稀な美貌で眠る様子を見舞った者たちから、密かに『バーデ侯爵家の眠り姫』と呼ばれていた。ランベールは彼が目覚めた知らせを聞いたとき、驚きとともに深く神に感謝を捧げたものだったが、耳聡い商人の話では、その件の眠り姫に、なんと早々に結婚話が持ち上がっているというのだ。

リンデーグ帝国には古くから結婚に関わる独特の風習がある。

中でも珍しいものは、貴族の間で『男嫁』と呼ばれる男同士の同性婚が交わされることが比較的よくあることだ。

昔は男嫁として嫁ぐのは、孕める雄であるオメガ属の者だけだったようだが、オメガ属が滅多に生まれなくなった昨今では、単純に家同士の繋がりをより強固にするため、もしくは将来のない下級貴族の青年が安定した暮らしと身分を得るための仕組みとして許されている。

求婚する貴族のほうは、財産が有り余っていてすでに跡継ぎがいるか、もしくは家族が亡くなり、迎えた男嫁自身を自らの存命中は妻として扱い、死後は養子代わりに跡継ぎにするという者もいる。

つまり、滅多に生まれないオメガ以外に、男嫁となって嫁ぐのは、貴族の中でも低い家柄の出で、継ぐ土地も爵位も持たない跡継ぎ以下の子息と決まっていて、将来に不安のある彼らが、出身家よりも高位の貴族の家と婚姻関係を結ぶことがほとんどなのだ。

だから、ジーゲル侯爵の求婚の話を聞いたとき、ランベールは舌打ちをしたくなった。

アシュリーは怪我をしたとはいえバーデ侯爵家の長男であり、どうやらベータ属らしいという話を聞いていた。彼がアルファ属ではなく、後妻との間に弟を作ったとはいえ、侯爵が、まさか長男である彼を他家に嫁がせる可能性など考えてもいなかったのだ。

（しかも……夫人とは死別した、五十がらみの侯爵家の後添いになどとは……）

ジーゲル侯爵がアシュリーと面識があるのかは不明だ。けれど、たとえ長く意識不明で跡継ぎとしての期待を失っていたとしても、それが彼にとってあまりにも不名誉な求婚であるのは明らかだった。

だから、その話を知るや否や、すぐさまランベールは行動に出た。

たまたま国境から城に戻っていたことが幸いだった。即刻執務室に戻り、自らの身上書と求婚の申し込みの手紙を書くと、家令とシルヴァンに留守を頼んだ。どうしても、誰かに託すのではなく、自ら赴く必要があったのだ。ランベールは愛馬を飛ばして帝都に戻るとすぐ、父であるヴァレリー伯爵に、バーデ侯爵の子息に求婚する許可をと願い出た。

父は仰天したようだが、長男であるランベールの兄はすでに家を出てしまっている。兄は長年素直に父に従うふりをしてきたが、父が軍に入る以外の道を決して許さないとわかると、あっさり家も跡継ぎの座も捨てた。その後は許可を得ないまま幼馴染みだった令嬢と結婚し、子爵家に婿入りして、平凡ながら幸せな家庭を築いているらしい。

長男を失った上、新たな跡継ぎにした次男が男嫁を望んだことは、父にとっても想定外だったようだ。しばしの間揉めたものの、生まれてこの方何も望んだことのない次男の強い願いに、年を取った父は意外なほど容易く折れた。おそらく、兄にはすでに子供が三人いるため、次男が男嫁を迎えて子ができずとも、ヴァレリー伯爵の跡継ぎはその中から一人もらえばいいと考えたのだろう。

そうして、アシュリーに結婚話が持ち上がっていると知ってから、極めて最短の日数で、ランベールは正式にバーデ侯爵家に結婚の申し込みを果たした。

まだ目覚めて間もなく、本調子ではないはずのアシュリーが年上の侯爵家に嫁入りさせられるかもしれないという事態をのうのうと眺めていることはどうしてもできなかった。

――国境の城で商人から話を聞き、何か阻止できる方法はないかと歯噛みしかけたあのときだ。

侯爵に匹敵する身分である辺境伯の地位を皇帝から賜った自分は独身で、ジーゲル侯爵と比べても結婚相手として決して見劣りはしないはずだと気づいたのは。

自らアシュリーに求婚すればいいのだ。そう気づくと、クリストファは雷に打たれたような気持ちになった。

それからはまるで、抗いがたい強い衝動に突き動かされるようにしてすべての用意を整え、気づいたときには、求婚の書状を持った使者が馬車に乗ってバーデ侯爵家に向かうのを見送っていた。

——どうか、彼が自分を選んでくれるようにと、神に祈りながら。

＊

　馬車の窓から外を流れる景色を眺め、アシュリーは小さなため息を吐いた。

「――アシュリー様、お疲れではありませんか？」

　それに気づいたらしく、向かい側の座席に座ったリュカが、そっと声をかけてくる。

「ここには私しかいませんし、良かったら靴を脱いで、こちらに足をお乗せになったらいかがでしょう？　足をお揉みしますよ」

「大丈夫だよ、次の休憩では少し歩くようにするから。ありがとう、リュカ」

　アシュリーは小さな笑みを作る。無意識に吐いたため息だったが、つい憂鬱な気持ちが表に出てしまったことを反省した。

　膝と足首に残るアシュリーの怪我の後遺症には、長時間座った姿勢でいるのはあまり良くないようで、血の流れが悪くなると痛みが増すことがある。それを知っているリュカが足の状態を気にしてくれるが、そもそも長時間馬車に乗る必要がある旅に出た以上、多少のことは覚悟している。次に休憩を取れるときには少し辺りを歩いて足腰をほぐそうと考えながら、そっと膝をさする。

　水や軽食はどうかと勧められるたび、何もいらないと言ってばかりではリュカも水分を取りにくいだろう。水筒から水をもらい、リュカにも飲むように勧める。薬はどうするかと訊かれたが、歩くとまだ疼くことの多い足の痛み止めは朝食のときにも飲んでいたので、夜までは我慢しようと思った。

考えてみれば、昼食をとってからもうずいぶんと時間が経っている。動いていないのでまだ空腹ではなかったが、携帯用の乾燥果物に砂糖をまぶした甘い菓子を少し口にすると、思った以上にいい気分転換になった。

「リュカも僕にばかり気を遣わずに楽にしていて。まだずいぶん先は長いようだから」

はいと頷くリュカはこの菓子が好物らしく、とても美味しそうに食べている。リスみたいに頬を膨らませて食べている様子を見ながら彼とぽつぽつと雑談をしているうち、アシュリーはいつしか張り詰めていた気持ちが和んでいくのを感じる。リュカが一緒に来てくれて、本当に良かったと思った。

帝都ミュルーズにあるバーデ侯爵家の館を出発してから、まだ三日目だ。

目的地である国境の街は、早馬であれば最短で五日、馬車だと十日ほどはかかる。

ヴァレリー伯爵家から寄越された立派な馬車には専属の御者がついていて、リュカとアシュリーはただ座席に座っているだけで済む。馬に乗って移動することを考えれば、体力も使わず、ずいぶんと楽な旅だ。

それでも、窓の外を流れる景色を眺めながら考え事をしているうち、また次第に緊張が蘇り、気持ちが重くなってくる。

（落ち着いていられるわけがない……）

アシュリーはそう自分に言い聞かせる。なぜなら、十日ほど前には考えもしなかったことだが、この旅はただの旅行ではない。

生まれ育った館を離れ、見知らぬ相手と結婚するためのものなのだから。

馬車の前後には警護の軍人が一人ずつ騎馬でつき、さらにはわざわざ国境から迎えに来たという、ランベール卿の側近だという金髪の軍人が一行を先導している。

アシュリーの頭の中に、父の後妻であるエリザベトが部屋にやってきた、一週間前のあの出来事が蘇った。

エリザベトは『二人の求婚者がいる』と突拍子もないことを言い出したが、そのまま彼女の言葉を鵜呑みにはできず、アシュリーは父と直接話をさせてほしいと訴えた。父はアシュリーを避けるようにして顔を見にすら来ない。エリザベトがアシュリーを騙すことは簡単で、縁談があると言い出し、あとになりやはりあの話はなくなったとからかうことも容易だからだ。

まったく信じられずにいた話だったが、その日の夕刻にやや気まずそうな顔で部屋にやってきたバーデ侯爵は、驚いたことに「ああ、求婚者がいるのは事実だ」とそれを認めた。

父から詳しく聞いたところ、長く意識のないまま眠り続けていた跡継ぎ息子が四年も経ってから突然目を覚まし、その将来を侯爵が憂えているという話は、少し前から帝都の貴族たちの間で話題になっていたらしい。

そんなとき、ある貴族から良ければ、と結婚話が持ちかけられたというのだ。

最初の一人は、父が以前所属していた帝国議会の一員であるジーゲル侯爵だ。

彼は十数年前に夫人と死に別れ、五十代の今も独り身のままだそうだ。以前、アシュリーが母に渋々連れていかれた皇妃主催の茶会で姿を見かけ、それ以来ずっと気になっていたのだという。子がいないため、先々家督や爵位は甥が継ぐことになっているが、結婚後は、潤沢な財産の一部と別邸をアシュリーのために遺してもいいと考えているらしい。

そしてつい昨日、さらに申し込みがなされたのは、帝国軍幹部の地位にあるヴァレリー伯爵の次男で、皇族一族の遠縁にあたり、現在は国境警備の任務についている人物だという。

まだ二十歳という若さだが、出場を許可された年から二年連続で剣技大会に優勝するほどの際立った剣の腕前を持っているそうだ。

二年ほど前に、帝都の城に次いで重要視され、国防の要とされている隣国サフィリアとの国境の警備を任され、それと同時に辺り一帯を統括するために地方へと派遣された。その際に、皇帝から王家と繋がりの深い爵位を直々に賜り、今はランベール辺境伯と名乗っている。ランベール辺境伯の爵位を持つ者は代々皇帝の右腕となって引き立てられてきたそうで、その爵位を授けたのは皇帝の彼への期待の表れだ。

その話を聞いたとき、アシュリーの脳裏に蘇るものがあった。

子供の頃教わっていた剣の教師に連れていかれた、古くて大きな館と、剣嫌いで不愛想な小さな男の子。

（そうか、クリストファだ……）

二度館を訪れて一緒に遊び、最初は頑なだった彼が少しずつ心を開いてくれたのが嬉しかった。帰るときにはやけに寂しそうにしていて、しばらくの間気になっていた。その後は会う機会がなく、記憶の中にすっかりしまい込まれていたけれど、あの子が成長して大人になり、そんな立派な地位についているなんてと驚くばかりだ。

話によると、彼は軍への入隊後に剣の腕前を見込まれて抜擢され、数か月ほど皇帝の周辺警護に当たっていたが、どうやらその際に皇帝に目をかけられ、気に入られたらしい。

長男は父親とそりが合わず、他家に婿入りしてしまったため、次男ではあるが、将来的には彼がヴァレリー伯爵家の爵位も継ぐことになるらしい。

辺境の地にいるランベール伯がどこからアシュリーについての話を聞きつけたのかは知らないが、そこまで自分の噂が届いたのかと思うと眩暈がした。

「ジーゲル侯爵からは何度か返事を急かされていたんだが、お前がどう受け止めるだろうかと悩んでなかなか話せずにいたんだ。だから、エリザベトが見るに見かねて話しに来てくれたんだろう」

アシュリーが実はオメガ属で、孕める体を持っていることや、花嫁を娶ることはできず、婿を取る選択肢しかないということは、それを恥じていた母の意思でまだ隠されたままのはずだ。

だが、男からの求婚自体は、特に仰天するようなことではなかった。なぜならリンデーグ帝国では、貴族同士の結婚において、古くから〝男嫁〟という制度が存在している。軍に入隊できなかったり、剣や馬を使えない事情があるような下級貴族の子息は、娘と同様に家同士の強い結びつきのために嫁がされる慣例があるからだ。

とはいえそれは、没落した家の子息にとっては身分を保ったまま生計を立てられる、ありがたい制度であるが、傾いているとはいえ、仮にも侯爵家の長男であるアシュリーにとっては、正直侮辱ともいえる話だ。

「お父様、ですがその話は……」

困惑するアシュリーの手を握って言いかけた言葉を遮り、父は穏やかに言った。

「お前が目覚めてくれて、本当に嬉しかったよ。だが……もうそろそろ三か月ほど経つ」

その言葉に、アシュリーは身を硬くした。父が何を言おうとしているのかが恐ろしかった。バーデ侯爵はもう決意を固めているらしく、ただ淡々とした口調で続けた。

「体調が回復しても、今後もおそらく杖なしでは歩けないだろう。それでは以前のように剣を使いこなすことも不可能だし、お前が望んだように軍に入ったり、誰かに剣を教えたりすることも難しいはずだ。すまないが、今のままでは爵位や家督をお前に継がせることは考えられない。先日から、エリザベトともずっと話し合っていたんだが……我が家の跡継ぎは、アンドルーにすることに決めたんだ」

(跡継ぎを、アンドルーに……？)

心の中で恐れていたことが現実になった。

だが、義弟はまだ九歳だ。彼が成長し、跡継ぎとなれるまではまだ十年近くもあるだろう。それだけあれば、自分が体力を取り戻し、元のようになれる可能性だって残っていないわけではない。

そう思って必死に食い下がってはみたけれど、父はすでにアシュリーを外に嫁がせると決めているようで、頷いてはくれなかった。

「このまま満足にお前に金をかけてやれないこの家に残るより、望まれて嫁ぐほうがきっと幸せにしてもらえるだろう。突然のことですまないが、ジーゲル侯爵か、それともランベール卿か、どちらに嫁ぐかはお前の望む方に決めて構わない。ただ、あまり彼らを待たせるわけにはいかないから、できる限り早く決めてもらいたいんだ」

——急げ、と簡単に言われても、これはアシュリーにとって一生の問題なのだ。

帝都には残れるものの、五十代の侯爵の後妻になるか。

それとも、帝都を遠く離れ、二歳年下の辺境伯に嫁ぐのか——。

アシュリーは頭の中で考えを巡らせた。ジーゲル侯爵とは面識はあるようだが記憶がない。ランベール卿と会ったのは幼い頃のことだから、もしかしたら相手はもう覚えていないかもしれない。

二人の求婚者のうち、身分的にはジーゲル侯爵のほうが上だが、国境警備は軍の中で皇帝の警護官と同じくらいに重要視されている。そのために、国境警備を兼ねた辺境伯の地位は、一般的な伯爵位よりも高位に当たり、身分的にいえば彼らはほぼ同じ位だと言えるだろう。

しかし、父と同年代のジーゲル侯爵と、アシュリーより若いランベール卿とでは将来性が違う。嫁いだあと、実際にジーゲル侯爵が自分のために別邸や財産を残してくれるかは不明なのだから。

真剣に考える必要があった。もしこの結婚に失敗すれば、アシュリーには本当に行き場がなくなってしまう。住み慣れた帝都を離れるなど、これまで考えたこともなかったが、客観的に損得を考えるなら、先々の保障のない年上の侯爵より、まだ若い辺境伯のほうを選ぶべきだろう。

ただ、他にも気がかりな点があった。自分はまだ回復途中にある体で、帝都の外れにある母の墓参りにすら行けていない。そもそも、こんな状態で結婚を決め、他家に移り住み、新たな生活を始めるだけの余裕があるだろうかという不安もある。本来であれば、まだ体を治す時間が必要で、どちらに決めるか以前の状態だった。

（どうしよう……）

即答できず、少し考えさせてほしいとアシュリーが頼みかけたとき、部屋の隅に控えていたエルマが、潜めた声でリュカに訊ねるのが聞こえてきた。

「リュカさん、ランベール卿って、あの……巷で『辺境の悪魔閣下』って呼ばれてる方でしょう……？」

驚いてとっさにアシュリーが目を向けると、リュカも目を瞠り、「あ、悪魔だなんて、失礼ですよ！　ただの勝手な噂話です！」と、慌ててエルマを窘めている。暗にそう呼ばれていることは認めているも同然で、アシュリーの胸に動揺が湧いた。

「でも、ものすごく怖い人で、ひどい罰を与えたりして辺境の部下を虐げてるって話だし……それに、エリザベト様は、お二人のうちなら、ぜったいランベール卿はやめたほうがいいって……」とエルマは黙るどころか不服そうにぼそぼそとしつこく続ける。

「ああもう、二人とも少し外に出ていてくれないか」

困り顔で父がそう命じると、リュカが「申し訳ありません、今すぐに」と言ってぺこりと頭を下げる。彼は気遣うように一瞬だけアシュリーに目を向けてから、頬を膨らませているエルマを促して部屋を出ていく。

扉が閉まると、父はやれやれというように口を開いた。

「エルマの言うことは気にするな。確かに……一部からそういったあだ名で呼ばれていることは事実のようだが、ランベール卿は軍の中でも少々厳しい性格だったというだけで、決して悪い人ではないと思う。皇帝にもずいぶんと目をかけられているようだし、私は数度会ったきりだが、父君によく似た立派な青年だ。ジーゲル侯爵のほうは昔からの知り合いで、彼も特に問題のあるところは思いつかない。どちらに嫁いでも正式な伴侶として迎えてくれるというし、きっと大切にしてくれるはずだ」

どちらにも嫁ぎたくなんかない、という言葉が喉元まで出かかったが、アシュリーはぐっと堪えた。すると、ふいに父が声を潜めて言った。

「……ジーゲル侯爵の館ならミュルーズに残れるし、我が館からもそう遠くはないから安心だろう。反対に、ランベール卿の住むローゼンシュタットまではかなりの距離があるが……近くにいると、なんだかんだとエリザベトが気にするかもしれない。もしかしたら、少し環境を変えたほうが、お前にとっては落ち着くかもしれないな」

後妻が気にする、というのは、決していい意味の話ではないだろう。父が暗に言っているのは、帝都に住んでいる限り、エリザベトからなんらかのちょっかいを出され、嫌がらせを受ける可能性があるということかもしれないと思うと、うんざりした。

帝都から離れたいわけではなかったが、できることならエリザベトとは距離を置きたい。それに、例えば求婚を断ってこのまま無理に居座ったところで、後妻にもこれから成長して侯爵家を継ぐことになる義弟にも、おそらくは徹底的に邪魔者扱いされるだろう。

馬にも乗れず、剣も使えないアシュリーはただの厄介者だ。

生まれ育ったここは、もう自分の家ではないのだ。

本当に嫁ぐしか道はないと悟り、父に何かを訴えたい気持ちをどうにか抑え込む。ただ、一刻も早くこの話を終えたくて、アシュリーは二人の求婚者を心の中で秤にかけた。

どちらとも面識は多少あるという程度で、これという決定打はないのがむしろアシュリーを迷わせた。

そのときふと、先ほどエルマが言った言葉が頭をよぎる。

〝――エリザベト様は、お二人のうちなら、ぜったいランベール卿はやめたほうがいいって……〟

それを思い出したとき、アシュリーは決意した。

「……ランベール卿に、嫁ぎます」

意識のないアシュリーを日当たりの悪い使用人部屋に移すほど心無いエリザベトが、彼にとってよりよい嫁ぎ先を教えるはずなどない。悪魔閣下と呼ばれている噂が気にならないわけではなかったが、彼女がぜったいにやめるべきだと言ったのなら、きっと二人のうちランベール卿に嫁ぐべきだということだと思ったのだ。

息子の決断を聞き、父はそうか、とだけ言って、少しだけ申し訳なさそうな笑みを浮かべた。きっと内心では、前妻の息子を遠くにやれば、もう後妻がイライラしなくなると、ホッとしているのだろうと諦め交じりに思った。

伯爵家の子息で、しかも皇帝の血統なら、ランベール卿は間違いなくアルファ属だろう。

まだ若く、どんな相手でも望める身分だろうに、なぜ自分をと不思議に思う。自分が子を孕める体のオメガ属であることを彼は知らないはずなのに。

しばし悩んだが、子を生まない男嫁であってもなぜか望んでくれたほどだ。オメガ属だとわかってもきっと求婚を撤回されることはないだろう。ともかく、会ってから打ち明ければいい。

迷いが消えたわけではないが、踏ん切りをつけるしかない。

（もう、この館にはいられないんだから……）

そうして、半ば否応なしに、アシュリーは二人の求婚者のうち、年下の若き辺境伯の元に嫁ぐことが決定したのだった。

求婚を受けると決断したとたん、事態は早急に進み始めた。

国境警備を任されているランベール卿の元に嫁ぐには、遠方の街、ローゼンシュタットに移り住む必要がある。とはいえ、引越しするのはまだしばらく先のことだろうと思っていたが、違った。

『求婚に応じる返事は送ったから、その返答がきたらすぐに動けるように、荷物を纏めておいてくれ』と父から伝言がきて、アシュリーは早々に引っ越しの準備を始めることになった。

婚約が決まったとたん、こんなに急いで出ていけと言われるなんて。実の父親から、自分はどれだけ邪魔者扱いされているのだろうと思うと、涙も浮かばないほどだ。

そもそも準備をしろと言われても、目覚めたあとのアシュリーの部屋はがらんとしていて、クローゼットには寝間着に毛の生えたような最低限の枚数の日常着しかない。

すると、仮にも侯爵家から嫁がせるという見えのためか、仕立て職人が呼ばれ、上質な外出着を一揃えと、それから他にも新しく何着か誂えてもらえることになった。馬車に載せられる荷物には限りがあるので、持っていける身の回りのものは最低限に絞ったが、アシュリー自身は、母が手元に遺してくれた剣さえ持っていければよかった。

急ぎの服が仕立て上がった頃、伴侶となるランベール卿の元から来たという迎えの者が侯爵家を訪問した。体面上、両親として侯爵と後妻、そしてアシュリーが応接室で出迎えることになった。

「シルヴァン・リュエルと申しまして、ランベール卿の補佐をしております。ご命令により、婚約者であるアシュリー様のお迎えに上がりました。必要なだけヴァレリー伯爵家の馬車を用立てますので、移住のご準備ができ次第、我々がローゼンシュタットの城までお連れいたします」

恭しく言うランベール卿の側近だという軍人のシルヴァンは、結婚の支度金として、目を疑うような額の金貨を持参してきた。

「こ、これが、すべて支度金なのですか……？」

驚愕するバーデ侯爵に、整った顔をしたシルヴァンは微笑んだ。

「はい。ランベール卿は、ご自身がこちらまでお迎えに伺えないことを気に病んでおられましたので、そのお詫びの気持ちも兼ねています。もちろん、こちらでは何不自由のない暮らしをしていただけるように万全の支度をしていますが、大切なご子息に遠方まで嫁いでいただくことになりますので、バーデ侯爵家でもいろいろとご準備がおありかと」

結婚のしきたりにそれほど詳しいわけではないアシュリーにも、莫大な財産を持つ皇帝やその親族ならともかく、一般的な貴族同士の結婚支度金としてはこれが相当に破格の金額だということがわかる。常識的な額の、五、六倍はあるはずだ。いくら国境まで嫁ぐにしてもこれほど出す必要はない。確かにバーデ侯爵家の財政は傾きかけているが、相手はよほど裕福なのだろうか。なぜこんなにと唖然とした。

父とアシュリーがあまりに驚いているからか、シルヴァンは付け加えるように説明する。

ランベール卿の亡き実母は、皇帝の遠縁に当たり、先代の皇帝が亡くなったときに彼女は莫大な遺産の一部を相続し、それらを息子の二人に遺した。その際、兄弟はそれぞれがいくつかの別邸に加え、かなりの額の金貨も譲り受けることになったという。結果的に、そもそも豊かだったヴァレリー伯爵家の財産よりも、息子たち自身が所有する資産のほうが多くなったほどだそうだ。

そこまでは、届けられた求婚の身上書には書かれていなかったはずだ。初めて知る事実に、アシュリーとバーデ侯爵は揃って呆然としてしまう。彼らの驚いた様子を見て、シルヴァンはにこやかに続けた。

「ですから、ランベール卿の総資産額から考えますと、結婚支度金は多過ぎるというほどでもなく、持参した金額が妥当かと……今は任務で遠方におられますが、彼は帝都にもいくつか立派な別邸を所有していますから、もしアシュリー様が帝都に滞在したいといったときにも問題はありません。嫁いでこられたあと、金銭的にご苦労をおかけするようなことも決してないはずです。どうか安心してご準備を進めていただければ」

そうですか、と言う父は、意外にもその話にどこかホッとしたようだった。結果的に追い出すことになる息子に対して、多少は罪悪感があったのかもしれない。

丁重に礼を尽くされて、父は恐縮しつつも感謝の言葉を述べ、反対に、邪魔者な義理の息子と引き換えに予想外なほど高額な金貨を得られたはずのエリザベトは、なぜか機嫌が悪そうだった。相手の詳しい懐具合など、身上書に書かれている以外のことは知りようもなかったが、彼女はもしかしたら、ランベール卿が実は相当な資産家だということを、どこかから小耳に挟んで知っていたのかもしれない。だから、アシュリーが富豪に望まれたのが不愉快で、彼からの求婚を阻止したかったのか。そう思うと、ランベール卿を貶めるようなエルマの発言にも納得がいった。

アシュリー自身は、わざわざ側近を迎えに寄越し、高額な支度金までもを用意する先方の心配りに驚いていた。

ランベール卿はいったいどういう人なのだろう。そして、なぜ今は完全に役立たずとしか言いようのない自分などに求婚しようと思ったのか。

彼のことはさっぱりわからないままだが、丁重過ぎるほど礼儀正しく手順を踏んでくれるところから、人柄が透けて見える。少なくとも、きちんとした性格で、しかも婚約者のために手をかけようという気持ちはあるようだ。

側近の話からは、彼が結婚の準備を整え、アシュリーの訪れを待ち望んでくれていることが伝わってきた。どういう経緯で求婚することになったのかは気になるが、決して嫌々求婚したわけではないようだ。

（もしかしたら、なんとかうまくやっていけるかもしれない……）

かすかな期待が胸に湧いたが、先方の思惑がわからない以上、過剰に浮かれるわけにはいかない。アシュリーは心の中で自分にそう言い聞かせ、気を引き締める。

想定していなかった来客とその対応に、侯爵家はにわかに慌ただしくなった。

ランベール卿が直々に側近を寄越したということは、侯爵家とアシュリーを重んじているという証しだ。その側近をあまり待たせるわけにはいかないと、父からはいっそう準備を急がされ、使者が訪れた翌々日には早々に国境に出発することが決まった。父とエリザベトの間で相当揉めたようだが、アシュリーに同行する使用人は結局リュカ一人だけになった。

「使用人たちは皆、辺境に行くのを嫌がるのです」とエリザベトはいかにもすまなそうに言ったけれど、彼女の子飼いのようなエルマがついてきたところで正直落ち着かないし、何を告げ口されるかわからない。リュカだけは当然のように「僕はアシュリー様とご一緒します」と申し出てくれて、エリザベトも特に阻止する様子はなくホッとした。リュカさえついてきてくれれば、それでじゅうぶんだ。

これまでたびたび薬や食べ物を送ってくれたルーベン男爵には、厚意への感謝と結婚が決まったことを伝える手紙を書いた。なんとか時間を作って出発までに母の墓参りに行きたいと思っていたが、先方からの厚遇に焦った父と、早くアシュリーを追い出したいエリザベトの両方から準備を急かされ、泣く泣く諦めるしかなかった。

最後に荷物を運び出して馬車に積み込むときだけ、エリザベトの使用人たちがぞろぞろと出てきてやたら親切顔で手伝いを買って出た。リュカは気味悪がっていたが、おそらく最後にいいことをしてすっきりとした気分で追い出したかったのだろう。リュカばかりに負担を負わせずに済むと、アシュリーは最後の親切をすんなり受け入れた。

国境の街は、位置的には帝都ミュルーズの隣で、比較的街中を通る道が多く、道も整地されているところがほとんどだそうだが、ともかく遠い。子供の頃から、一泊二日で保養地に出かける、などといったことは何度かあったけれど、十日もの馬車の旅は初めてだ。しかも、寝たきりの日々が長く続いたあとで、体力がまだ戻り切っていないため、馬車に乗っているだけでも疲れを感じるのが情けなかった。

シルヴァンによると、決してアシュリーを野宿させないようにとランベール卿から厳命されているそうで、毎夜必ず途中の街で足を止め、近隣で最もいい宿に泊まっているため、到着まではもう二日ほど多くかかってしまいそうだ。

「アシュリー様、次の町が見えてきましたよ！　あそこを越えたら、もうローゼンシュタットのはずです」

日が暮れ始めた窓の外を見ていたリュカが、嬉しそうに声をかけてくる。うん、と頷いてアシュリーも一緒に外を眺めた。田園の中を通り抜けた先に、小さな町が広がっている。その向こうには遥か彼方に連なる山の峰が見えている。あの山のふもとの街が目的地だ。

道中は御者や先導するシルヴァンと軍人たちが皆、アシュリーを上司である辺境伯の婚約者として扱い、とても丁寧に接してくれた。様々なところで、大人になってからはまだ会ったことのない彼の思い遣りを感じた。

跡継ぎであった昔の自分ならともかく、今のアシュリーにそこまで気遣うような価値はないのにと不思議なくらいだ。

結婚が決まってすぐ、リュカになぜランベール卿が悪魔閣下と呼ばれているのか訊ねてみたが、彼は困った顔で『わかりません』と首を横に振った。ルーベン男爵家で働いていたとき、リュカはランベール卿と面識があるらしく、『その呼び名がついた経緯は、僕も知りません。ですが、クリストファ様はとてもいい方です。決して悪魔などではありません』と力を込めて断言する。わかった、と答え、エルマよりもリュカの言葉を信じようとアシュリーは決めた。

いきなり夫婦になって、すぐに仲良くやっていくことは難しいかもしれない。相性もあるだろうし、時間がかかるのは当然だ。

（少しずつでも努力して、向こうでの暮らしに馴染むようにしなきゃ……）

これから伴侶となるランベール卿と幼い日に遊んでから、もう十年以上もの月日が経っている。成長して子供の頃とは変わってしまっただろうか。これまでの礼儀正しい求婚の経緯からみても、きっと彼はいい人に違いない。

期待と不安で綯い交ぜになった胸の内で、アシュリーは国境に思いを馳せた。

＊

馬車二台に騎馬が四騎という一行は、国境の街ローゼンシュタットに到着した。

代々の辺境伯はこの辺り一帯を治める領主の役目も担っているため、住まいはかなり大きくて由緒のありそうな城だった。

一つ手前の町まで着いたところで、一人が先触れのために馬で戻っていた。そのせいか、馬車が着くとすぐ、ずらりと並んだ使用人たちが出迎えてくれる。

リュカと慌てて手伝ってくれたシルヴァンに支えられ、情けないが、どうにか足をかばいながら、ゆっくりとアシュリーは馬車を降りた。

人々の前から近づいてきた人物に、思わず息を呑む。

杖をついてやっと一人で立つと、その男は足を止めた。

服装が軍服ではなかったとしても、見ただけでこの人がこの城の主であり、自分の伴侶となるランベール卿なのだとわかった。

すらりとした体格の彼は驚くほど背が高い。アシュリーもそれほど小柄なわけではないのに、見上げるほど目線が違う。金ボタンをはめ込んだ濃紺の軍服に冴え冴えとした銀色の髪が映える。濃い血のようなルビー色の目が鮮やかで、彫りの深い顔立ちはぞっとするほどの美貌だが、薄い唇には笑みのかけらも浮かんではいない。

　こちらをじっと見下ろしてくる視線は冷ややかで、アシュリーは少し背筋が冷たくなるのを感じた。

　ただそこにいるだけで周囲を圧倒するような迫力がある。なるほど、悪魔閣下と呼ばれるのも納得なほど、人ならざる者の雰囲気を纏った男だ。

　歓迎されているのか謎だったが、それでも気を取り直してアシュリーは口を開く。

「初めまして、ランベール閣下。アシュリー・フランシス・バーデと申します。このたびは……」

　緊張しつつも礼儀正しく続けようとした挨拶を遮り、ランベールはおざなりな口調で言った。

「遠いところをよく来てくれた。長旅で疲れただろう。夕食の用意をさせている。できたら呼ぶから、まずは部屋で休んでくれ」

　アシュリーにそう言うと、城の家令のクライバーという高齢の男性に、彼らを部屋に案内するよう命じる。

「ようこそ奥方様。さ、お部屋にご案内させていただきます」

「あ、あの……」

にこやかなクライバーに促され、アシュリーは戸惑ってランベールに目を向ける。

一行を連れてきたシルヴァンを促すと、アシュリーが何か言うより前に身を翻し、ランベール卿はさっさと城の中に消えてしまった。


その翌日。ローゼンシュタットの城に到着して二日目の夜にして、アシュリーはこの結婚に疑問を感じ始めていた。

着いてすぐに、これから夫となるはずの二歳年下にはとても見えない強面の辺境伯と顔を合わせた。

道中の雑談の中では、シルヴァンが『クリストファ様は、アシュリー様をお迎えするために国境でのお役目を急ぎで片付けられて、城で今か今かと到着をお待ちのはずです』と話してくれていた。

クリストファー——ランベール卿の名前だ。彼がそんなに待っていてくれるのかと思うと、見知らぬ土地に向かう身に安堵が湧いた。

『彼は非常にまっすぐな性格なので、やや周囲から誤解されやすいところはありますが。真面目で心根が優しい方です。移住してから国境の館のそばで怪我をした鳩を拾って、自

ら世話をして可愛がっていたりもするんですよ』

シルヴァンはアシュリーが内心で抱いていた不安に気づいたらしく、こっそりそんなことも教えてくれて、まだ見ぬ婚約者に親近感を覚えた。会えることをアシュリーも楽しみにしていたのだ。

しかし、自分を迎えるために急いで国境から戻ってきたという彼は、長身で美貌の青年だったが、ほとんどまともに話もしないまま消えてしまった。

子供の頃、二回ほど一緒に遊んだことがあったはずだが、アシュリーの記憶の中にあるのは大人しげで可愛らしい小柄な少年で、今の彼にはその頃の面影などいっさいない。懐かしそうな様子もまったくなかったから、おそらくアシュリーより幼かった彼のほうは、当時のことなど覚えてすらいないのだろう。

家令のクライバーは、帝都のヴァレリー伯爵家からついてきた古くからの使用人だと言い、アシュリーを「奥方様」と呼んで、丁重に部屋へと案内してくれた。『クリストファ様が花嫁様をお迎えになる日がくるとは』と涙ぐんで呟く彼は、アシュリーを心から歓迎している様子で、まだ婚約者の身なので奥方ではないなどとは言い辛かった。

居城は広々としていて豪華な造りだが、規模の割に使用人の数が少なくてひっそりとしている。用意された部屋は広く、どっしりとした艶のある木でできた天蓋付きの寝台に、肘掛け椅子やテーブル類もすべてが立派なものだ。アシュリーの足の状態を知ってか知らずか、階段ののぼり下りをしなくて済む一階の部屋を用意してもらえたのがありがたかった。『足りないものがあれば、なんでもおっしゃってください』と言って、クライバーは深々と頭を下げて下がっていった。

——すぐに打ち解けるのは無理でも、せめて、もう少し会話をしてお互いのことを知っておきたい。

そう決意したアシュリーは、部屋に荷物を運び込んでもらって一息ついたあと、夕食の時間には大食堂でまたランベール卿と顔を合わせた。煌めくシャンデリアの輝きの下で供された晩餐は手の込んだ豪華な料理ばかりで舌鼓を打ったが、せっかくのご馳走なのにあまり食は進まなかった。

なぜなら、長いテーブルの端と端、アシュリーと対面に座った彼は黙々と食事をし、ワインを飲みながらも、世間話の一つすら振ってはこないのだ。やや険しい表情を見ていると、こちらから話しかけるのも躊躇われ、結局、必要最低限以外には話をすることもできずに、重たい気持ちのまま夕食を終えた。

無言でアシュリーが食べ終えるのを待っていた彼は、杖をついているアシュリーの歩く速度が遅くとも一言も文句は言わず、部屋に戻るのをエスコートしくれた。

別れ際は、部屋の前で「おやすみ。ゆっくり体を休めてくれ」と言われただけで終わりだ。

（……もしかしたら、求婚されたこと自体、何かの間違いだったのでは……？）

迎えの馬車を寄越され、高額の支度金まで用意されていた。いくらなんでも間違いのはずはないとは思えど、婚約者に向けるものとは思えないランベール卿の態度に、アシュリーの胸に不安が込み上げた。

その夜は旅の疲労から死んだように眠り、翌朝の朝食後に突然、彼から居城の敷地内にある教会で司教が待っていると伝えられた。

「早々に誓いを立てる必要がある」と言われて、アシュリーは仰天した。

まさか長旅のあと、着いた翌日に、なんの予告も準備もなく結婚式を挙げるだなんて、誰が思うだろう？　慌ててリュカに頼み、持ってきた一番上質な外出着に着替えようとしたが「そのままでいい」と彼は言う。仕方なくそのまま、軍服姿のランベールについていくしかない。

杖をついていないほうの手を引かれ、居城の建物がぐるりと囲む広い中庭の一部に立つ、教会の建物まで連れていかれる。

天井の高い荘厳な造りの教会の中には、たくさんの蝋燭に火が灯されていた。人けのない堂内には、祭壇の前で司教が一人待っていて、驚いたことにその場ですぐ、非常に簡素な結婚式が始まった。

最初に、どうやら聖書の一説らしきものを話しているようだったが、アシュリーは土地の者らしい司教の訛りの強い言葉がちっとも聞き取れずに困惑してしまった。これはリンデーグ語なのだろうか、いやもしや他の国の言葉なのかもと疑うほど判別できない。しかし、いっさい訛りのない綺麗なリンデーグ語を話すランベールのほうは、司教の言葉を問題なく聞き取れているようで余計に戸惑う。

彼らの間だけで会話が進み、ふいに司教がこちらに向かって何かを言った。祭壇の前で向かい合って立つランベールにも目線で促されたが、アシュリーには何を言われているのかわからず、答えようがない。

困り切って「あの……司教様はなんとおっしゃっているのですか？」と小声で訊ねると、彼はなぜかムッとしたように眉を顰めた。

「誓うようにと言っている。『受け入れます』とだけ言えばいい」と突き放すみたいにそっけなく告げられて、泣きそうになる。

「受け入れます……」

仕方なくそう答えると、にっこりと満面に笑みを浮かべた司教が、また理解できない言葉を話す。

彼がそれに頷き「これで終わりだ」と言う。

普段着のまま、招待客は一人もおらず、指輪の交換もなければ誓いの口付けもない。

（これが……結婚式……？）

いちおうは部屋まで付き添ってくれるつもりらしいランベールに手を引かれ、よろよろと杖をついて歩きながら、アシュリーは深い絶望を感じた。


（……嫁いでこなければよかった……）

部屋の寝台にぐったりと横たわったアシュリーは、深い後悔の中にいた。

あまりにも簡素過ぎる結婚式を終えたあとの昼食も、昨夜の夕食と同じように会話のないまま終わった。

用があるとのことで、彼は夕食には姿を見せず、アシュリーは一人寂しく大食堂で食事をとった。給仕の使用人が気遣って料理の話を振ってくれたり、あれこれと話しかけてくれて気が紛れたのがありがたかったが、昨夜からずっと二人の食事風景を見ていた彼らも、城の主人の結婚はどこか異常だと思っているに違いない。

二人は夫婦となったはずだが、ランベール卿にはアシュリーを伴侶として扱う気がないらしい。

そもそも、式を終えたとすれば、今夜は初夜のはずなのだが、夕食の時間すら用で留守にしているのだ。彼にはアシュリーと夜を共に過ごすつもりはまったくないのだろう。

おそらくは彼も、どういった経緯でか断れない状況で、自分に求婚するしかなかったのだとしか思えない。

ランベール卿が何を考えているのかはさっぱりわからないが、ただ一つ、彼がこの結婚を望んではいなかったのだということだけは確実だった。

アシュリーは、諦め交じりに深いため息を吐く。

ごろりと転がった寝台の天蓋には、内側に金細工が施され、花の模様が浮かび上がっていてなんとも美しい。居間と寝室の二間を自室として与えられ、リュカには使用人用として居間から繋がる続き部屋を用意してもらえた。

アシュリーが沈んでいることに気づいたらしく、リュカはずっと心配そうにしていたが、夕食が済んで部屋に戻ったためと『今日はもう休むから』と伝えて下がってもらった。

逃げ出すわけにはいかない。もしこの館を追い出されたら、自分にはもう帰るところはないのだから。

まさか、自ら求婚してきたはずの彼が、あんなふうだとは想像もしていなかったけれど、もしかしたら、彼はアシュリーが元通りの健康体を取り戻したと誤解していたのかもしれない。だから、馬車から足を引きずりながら現れた自分に、あんな冷ややかな目を向けてきたのだろう。

（……万が一、離縁されたときのために、リュカは早めにルーベン男爵家に戻したほうがいいかもしれないな……）

何も考えずに辺境まで連れてきてしまったが、リュカはまだ若いし、よく気が回る働き者だ。紹介状を書けば、どこの館にも行けるし、きっと重宝されるだろう。彼を手放したらアシュリーの日常は相当不便なものになるだろうが仕方ない。

もし自分がここを追い出されたらと思うと、未来のあるリュカまで路頭に迷わせたくはなかった。

しかし、そう考えたところで、アシュリーの手元には、帝都に戻す際、彼に払ってやれる慰労の金貨すらもないことに気づく。

八方塞がりの状態で、どうにかならないかと考え込んでいるうち、頭が少し熱っぽくなってくる。すでに膝と足首は昨夜からじくじくと疼くのを我慢している。熱と痛みを堪えていると、次第に全身がずっしりと鉛のように重くなるのを感じた。

理由はわかっている——旅の疲労のせいもあるが、いつもの薬を飲んでいないせいだ。ルーベン男爵が送ってくれた残りの薬は、馬車に積んだ荷物の中にリュカがちゃんと入れておいてくれたはずだ。アシュリーもしまうところをこの目で見た。しかし、この城についてから捜すと、なぜか薬袋が丸ごと荷物の中から消えてしまっていた。どんなに捜してもないので、まさか積むのを手伝ってくれたエリザベトの使用人が……と疑ったが、何も疑わずに手伝いを許してしまった自分が愚かだったのだと舌打ちするしかなかった。リュカは盗まれたのだと確信して憤慨していたが、彼女たちが捨てたという証拠などどこにもなく、遠く離れた今となってはもはや糾弾のしようもなかった。

問題は、手持ちの分を旅の間に飲んでしまったので、ちょうど今日になって痛み止めが切れてしまったことだ。

リュカは医師に頼んで薬を用意してもらうと言ったが、まだ大丈夫だからと断ってしまったのが間違いだった。

（……明日になっても、我慢できないほどだったら、すまないが頼んでもらおう……）

今夜はもう耐えるしかないと覚悟したものの、横になっているうち、微熱だけではなく、だんだんと眩暈までしてきた——何もかも、最悪だ。

頭がくらくらして、アシュリーは目を開けていることすらできなくなった。ただ体調が悪いだけならば眠れば回復するかもしれないが、背筋がぞくぞくして、頭が熱いのに体は寒けを感じている。このまま眠ってしまうのは危険だと感覚的にわかる。

（……リュカを、呼ばなくちゃ……）

頭ではそう考えているが、誰かを呼ぶだけの力がどうしても出ない。次第にアシュリーの意識は遠のいていった。

しばらくして、遠くのほうからノックの音がすることに気づいた。

誰かが部屋を訪ねてきたのだとわかったが、喉が渇いていて、声が出ない。

すでに頭だけではなく、体が燃えるように熱かった。ノックに返事をしなくてはと思ったが、どうやっても身を起こすことができずにアシュリーが朦朧としたままでいると、部屋に入ってきたらしく、誰かの声が聞こえてきた。

「お休みのところ失礼いたします。アシュリー様」

リュカだ、とわかると、目を開けられないままでもホッとした。

「実はクリストファ様が………アシュリー様……、アシュリー様？　どうなさったのですか？」

近づいてきたリュカの声が、動揺したように訊ねてくる。

額に冷たい手が当てられ、かすかに息を呑む気配がした。

「熱がおありです。今日はずっとお元気がなかったから、もしかしたら朝から体調が優れなかったのかも……」

狼狽えたリュカの声に、誰かの低い声が問いかけた。

「いつもの薬は？」

「ちゃんと荷物に入れたはずなのですが、バーデ侯爵家の使用人たちに奪われてしまったようです。おそらく荷物を馬車に詰むときに、後妻に命じられた使用人たちが、アシュリー様が旅先で困るように中を開けて薬袋を抜いたんでしょう。本当にあの人たちのすることとは悪辣で、信じられません」

憤りを抑えた声でリュカが言うと、また誰かの声が聞こえた。

「クライバーに頼んで急いで医師を呼んでくれ。それと、地下の氷室から氷を持ってこさせるように」

わかりました、と言ってかすかな足音が離れていく。

扉が閉じる音がすると、また誰かの手がアシュリーの額に当てられた。先ほどよりも大きなその手は、羽毛で触れるかのようにそっと額に触れ「熱い」と一言呟く。

やけに冷たいその手が心地よくて、もっと触れていてほしくて、頭を動かそうとする。しかし、枕に張りつけられたみたいに頭が重くて少しも持ち上げられない。

かすかにもがいたアシュリーの願いに気づいたのか、手の主は「すぐに冷やしてやるから、もう少しだけ待ってくれ」と言うと、また額にひんやりとした手を当ててくれる。同時に、慰めるように髪を優しく撫でられる。小さく息を吐いて、アシュリーはその手の感触に意識を集中させた。

どのくらい経った頃だろう。アシュリーはずっと触れていた手が離れるのに気づく。それから、別の手が額に触れ、手首の脈を取り、服の前を開けて心臓の辺りに冷たいものを感じた。ずっと痛む足にも確かめるように触れられて、思わず目を閉じたまま顔をしかめる。

ぼそぼそと話し声が聞こえ、しばらくして、冷たい布が膝と足首にあてがわれると、ひんやりとした感触で痛みが鈍くなる。そこが思ったよりずいぶんと熱を持っていたことに気づいた。

「あとは私が見る。大丈夫だ、何かあれば呼ぶから」

低い声の主がそう言ったあと、少しの間物音がしていたが、いつの間にか部屋は静かになった。

背中に腕が差し込まれ、ゆっくりと抱き起こされて、アシュリーは目を開けた。

口元に小さな器が寄せられ「薬だ」と言われて、その中身を見せられる。

茶色がかった煮汁のような液体が入っているのが見え、器が唇に触れて、わずかに流し込まれる。

「っ!?」

反射的に吐き出したくなるほど苦い味がして、とっさに顔をそむけた。

「まずいのはわかるが、少しだけ我慢してくれ。毒ではない。腫れを引かせ、熱を下げるための薬だ」

「いや……」

背中を支えている者は、アシュリーにその殺されそうに苦い薬をなんとか飲ませようとする。おそらく、正気のときならば薬と言われれば無理にでも飲んだだろうと思うが、意識が朦朧としているせいか、今はこんな苦いものなどぜったいに飲みたくなかった。

また無理に器を口元に寄せられそうになり、必死で顔をそむけようとする。重たい頭を振っていやいやと拒んだ。

「とてもよく効く薬なんだ。頼むから飲んでくれ。飲めばずっと楽になる」

困ったように言う声が、逃れようとするアシュリーの肩を抱き寄せる。

まともに思考するだけの余裕はなく、どうしてこんなひどいことをするのかとただ悲しくなって、アシュリーは自分を苦しめようとする者を見上げた。

うっすらと瞼を開けると、熱に潤んだ視界に映ったのは、枕元の燭台の明かりに照らされた誰かの痛ましげな顔だった。

その人物は、一瞬びくりとしてかすかに動きを止めたあと、なぜか手に持った器を自ら呷る。それから、アシュリーの顎を捕らえて顔を近づけてきた。

「ん、んん……っ!?」

温かいものが唇に触れ、すぐにあのありえないほど苦い薬が流し込まれる。抗おうとしたが、がっちりと押さえ込まれていて逃げられず、一口、二口と続けざまに飲まされてしまう。舌が痺れそうなほどの苦みで思わず身を硬くする。しかし、吐き出すことはかなわず、ごくんと飲み下すのを確認するまで唇で唇を塞がれたままだった。

続けて、また同じように口移しで水を飲まされる。少しでも苦みが薄くなると、進んで飲んだ。

何一つ抵抗ができないまま、ようやく唇が離れる。ふいに目頭が熱くなり、堪えようもなくぼろぼろと涙が溢れてきた。

「どうした？　そんなに苦かったか」

おろおろするような声で、アシュリーにまずいものを飲ませた当の人物が訊ねてくる。

――苦いに決まっている。ただでさえ体が熱いし、ずっと疼く足の怪我まで痛い。すごく苦しいのに、なぜこんなふうにさらなる苦しみを与えられなければならないのか。

熱が上がってきたようで、頭がぼうっとしている。これまで抑え込んできた感情が一気に破裂したみたいにアシュリーの胸の中で渦巻いた。

長い眠りから奇跡的に目覚めたけれど、生きていてもいいことなんて一つもない。

母はすでに亡く、裕福だった家は傾いていて、父は他の人々の家族になっていた。館の新たな主となっていた後妻には疎ましがられ、他家に嫁ぐよう強要された。その上、こんな辺境までやってきた挙句に、求婚してくれたはずの相手はどう考えても自分に好意的な態度ではない。

少しでも前向きな気持ちになりたくとも、治り切っていない膝と足首からは痛みが消えない。せめて体力を回復しようにも、自分の体すらも自由にはならない。

――どうして目覚めてしまったのだろう。

こんな苦しい現実に向き合わなければならないのなら、あのとき山で死んでいたほうがずっと楽だったのに。

いつの間にか、抑え込んでいた心の中からとどめておけないほどの悲しみが溢れ出て、それを言葉にしてしまっていたらしい。

たどたどしく訴えるアシュリーの頬を大きな手が包み、労わるように丁重な手つきで撫でてくる。まるでどうにかして苦しみを消し去ろうとするような、優しい手だった。

「……そんなことを言わないでくれ。君が目覚めるのを、ずっと待っていた者もいる」

辛そうに囁く声が聞こえ、水で濡れた口元を柔らかな何かで拭われる。

ふっと張り詰めていた気が抜けて、ぐったりとして体に力が入らなくなる。

涙を拭われながら、いつしか引きずり込まれるように、アシュリーは眠りの中に沈み込んでいった。

＊

三日後、朝一番で国境にいるシルヴァンからの定期連絡が執務室に届いた。受け取った報告書をじっくりと読んでから、ランベールは書類にサインをする。

机の引き出しから家紋入りの便箋を取り出すと、シルヴァンへの連絡事項を書き、封筒に入れる。それを蜜蝋できっちりと閉じ、運んできた部下に渡した。

「これをシルヴァンに渡してくれ。もし何かあればペルルを行かせるからと」

「承知しました」と敬礼して封筒を受け取り、部下が下がっていく。

五日前に帝都から戻ったあと、国境の管理はシルヴァンに任せてある。問題が起きたとき、統括者がいたほうが話が早いので、普段は基本的にはシルヴァンに任せつつも一週間のうち数日程度はランベールも交代するようにしていたが、今はまだ城を離れられそうにない。

執務室に一人になると、今度は領地の管理官たちから送られた訴えや連絡などの書類に目を通し、適宜処理をしていく。

仕事を進めながらも、頭の中には一階に用意した客間の寝室でまだ眠っているであろうアシュリーのことが浮かんだ。

帝都から着いた翌日の夜、ランベールが部屋を訪ねると、彼は熱を出していた。すぐに医師を呼んで薬を用意させたが、意識が朦朧としているせいか、効き目は優れているが強い苦味のある薬を子供のように嫌がるので、口移しで無理に飲ませるしかなかった。

着いてからずっと、杖をつきながらもきりりと背筋を伸ばし、貴族の子息にふさわしい態度を保ったままだった彼は、高熱に浮かされ、ランベールの前で本音を吐露した。

足の痛みは取れず、体は思うようにならない。自分は家族も、剣士としての将来も、何もかもを失ってしまった、こんなことなら目覚めないほうが幸せだった——と。

あのときのことを思い返すだけで、あまりの痛ましさに胸が苦しくなる。

求婚に応じるという返事を受け取り、迎えに行かせたシルヴァンが彼を連れて城に戻るのを落ち着かない気持ちで待っていたランベールは、馬車から降りてきたアシュリーと再会したとき、内心で衝撃を覚えた。

最後、ちょうど五年ほど前に目にした頃に比べると彼が痩せ、まるで別人のようになっていたからだ。

生き生きと輝いていた瞳には生気がなく、陰りを纏った雰囲気と、どこか悄然とした表情は、彼が失ったものの大きさを感じさせた。

ランベールが最後に彼を見たのはアシュリーが最後に出場した、年に一度皇帝主催で開催される国の剣技大会の場だった。

当時、ランベールはまだ十五歳で、出場可能年齢の十六歳に達していなかった。

そんな中、出場してまだ二年目のアシュリーは、昨年は三位、そしてその年は、見事に優勝を果たすという偉業を成し遂げたのだ。

帝都の剣技場を埋め尽くす満席の観客の前で、明らかに周囲の剣士たちに比べると細身な彼が、まさか最後まで勝ち抜くとは、誰一人として想像すらしてはいなかっただろう。

まるで少女のような風貌をした若々しく美しい青年が、体格のいい剛の者たちを次々と巧みに打ち負かしていく様は、実に小気味いいものだった。観客席で食い入るように見つめるランベールの周囲の者たちは、誰もがアシュリーを応援し、大声で声援を送っていた。

当然、ランベールも彼が勝利することをその場の誰よりも強く祈っていた。

そうしてその翌年、やっと十六歳になった彼は、これでようやく剣技大会に出る資格を得られる、当然勝ち上がってくるであろうアシュリーと剣を交えることができると、それだけを心待ちにしていたのだ。

それなのに――大会が開催される少し前に耳に届いたのは、バーデ侯爵家の跡継ぎが遠乗りに出かけた山で大怪我をして、意識不明になったという衝撃的な話だった。

――あれから、もう四年以上が経つ。

空虚な気持ちのまま、ランベールはアシュリーのいない剣技大会に参加して、二年連続で優勝し、その剣の腕を皇帝からも認められた。

ちょうど先代の地方長官が年を重ね、帝都に呼び戻そうとしていた時期と重なったこともあって、皇帝直々に国境警備を打診され、十八歳で辺境伯の爵位を授けられた。

本音を言えば、意識がなく、見舞いの品を送ることしかできなくても、アシュリーのいる帝都を離れたくはなかったが、断ることは父が許さなかった。

なぜなら、前任の国境警備だった地方長官は、今、帝国議会の議長を務めている。つまり、国境警備への抜擢は確実な出世への道筋で、それにまだ十代の若さで推されては、さすがに断りようもなかったのだ。

頭の中で考え事をしながら仕事を進めるうち、扉がノックされて返事をする。使用人が「お医者様がおいでです」と知らせてきた。通すように言うと、老医師が入ってきて机の前でゆっくりと頭を下げる。彼は数年前に帝都から故郷に戻ってきた者だが、未だに帝都の貴族たちから金を詰むから戻ってきて診てほしいという声が引きも切らないらしい。つまり、この辺りでは一番の腕利きだ。最初に熱が出た夜にアシュリーを診てくれた老医師は、顔をしかめながら口を開いた。

「なかなか熱が下がりませんな。栄養状態もあまり良くないようですし、移動の疲労が溜まったせいもあるでしょう。さて、薬は飲ませたと聞きましたが」

「ああ、朝晩ちゃんと飲ませている。だが、まだ起きていても意識ははっきりしていないことが多い……熱が高いせいだろうか？」

そう答えると、老医師は困った顔で「熱さえ下がれば安心なのですがね」と頷いた。

「膝と足首には薬を塗り直しましたので、たびたび額を冷やして差し上げると楽になるでしょう……水分を取るようにして、あとは熱が下がるのを待つしかありませんな」

また明日まいります、と言って、老医師は部屋を出ていく。礼を言って見送り、ランベールはため息を吐いた。

この城について二日目の夜に熱を出してから、もう三日経つが、アシュリーの熱は続いている。

薬を飲ませるとしばらくして少し熱が下がり楽になるようだが、夕方になるとまた上がってくる。医師の見立てでは、長期間寝たきりだったことで体力が落ち、だいぶ体が弱っているようだ。足の怪我は治癒したあと動かさなかった期間が長いため、膝も足首も固まって動きづらくなってしまっている。毎夜、湯で温めて軟膏を塗り、少しずつ解したり動かしたりすることで良くなる可能性はある、と言われた。

まだ彼がこの城について少ししか経っていないが、ランベールは彼がまさかそこまで弱っているとは気づかず、強引に目的を進めてしまった自分を悔いていた。

長旅で疲れているだろうとは思ったが、ともかく婚約の儀式だけはどうしても早急に行いたかったのだ。

結婚式は後日、彼が体を休め、この土地に馴染んでからゆっくりと準備をして行えばいい。何を置いても、婚約の誓いだけ済ませておけば、もうアシュリーは正式に自分の婚約者という立場だ。

何はともあれ、早々に婚約を済ませ、そのあとに少しずつ話をする時間を取り、徐々に歩み寄っていければいいと考えていたのだ。

それでも、もう数日ゆっくりする時間を取ってから、彼の具合が良さそうな日を見計らって儀式を行えばよかった。おそらく、これほど突然結婚が決まっては、移住のための準備期間もそれほどなかったはずだ。完全な体調でもない中で遠方に呼び寄せ、着いた翌日に婚約の儀式を決行したことが、すべて弱っていた彼の負担となっていたのだろう。一刻も早く婚約したいという自分の願いのために、アシュリーは未だ体調が優れず、ずっと寝台から起き上がれずにいる。本当に可哀想なことをしてしまったと、ランベールはことを急いた自らの身勝手さを深く反省した。

昼間に少しの間目覚める程度で、あとはずっと熱に苦しみ、そっと呼びかけても目を閉じたまま、意識も朦朧としているようだ。リュカの他に、もう一人使用人をつけて世話をさせているが、ランベール自身も時間が空けば彼のところに様子を見に行き、看病を手伝っている。

特に、彼は極めて細いとはいえ、汗をかいた体を拭いたり寝間着を着替えさせたりするのは力がいる。その他に、嫌がるアシュリーにどうにか薬を飲ませたりするという厄介な仕事を請け合った。アシュリーは意識が混濁している状態でも、苦い薬を飲ませようとすると嫌がってもがくので、やむなく朝晩、毎回ランベールが口移しで飲ませている。飲ませるために舌に触れるだけでも顔をしかめたくなるほどの苦さだけれど、力のない唇に薬を含んだ唇を触れさせると、逃れられないとわかっているのか、アシュリーは諦めたみたいに大人しく飲み込んだ。

薬を飲ませ終えると、苦さのあまりにか、彼の琥珀色の目はいつも涙で潤んでいて哀れを誘う。自分がしつこく口付けた唇が濡れてわずかに腫れているのに思わず目を奪われ、ランベールは毎回、視線をそらして動揺を押し隠した。

一刻も早く楽にさせてやりたい一心で、無理にでも押さえ込んで飲ませなくてはならないのは辛く、なかなか良くならないのが可哀想でもどかしい。

「早く、熱が下がるといい……」

思わず口にした独り言に、ピュルッと返事がきた。

啼いたのは、窓際に置いた鳥かごの中にいる真っ白な鳩だ。二年ほど前、ランベールがこちらに来て間もない頃、国境にそびえる監視用の塔の近くで、羽を痛めて動けなくなっているところを拾った。手当てをすると元気になり、しかも非常に賢くてこちらの言うことをよく理解する。城から飛ばすと国境へと戻ることができたので、そのままランベールが執務室で飼い、非常時には足首にごく小さな筒をつけて、伝令として飛ばしている。

「ペルル、お前も祈ってくれるか？」

鳥かごのそばまで行って訊ねると、もう一度、「うん」と言うように鳩がピュルッと啼く。止まり木の上をぴょんぴょんと跳んで寄ってきたので、入り口を開けるなり、喜んで出てきて、ランベールの手に乗る。肩先にすりすりと頭をすり寄せるのに思わず頬を緩めた。

ランベールは、幼い日の自分を救ってくれたアシュリーに、今でも深い感謝の思いを抱いていた。

それと同時に、彼のために満足に医師も呼ばず、薬も与えずに、外部からの助けを借りなければ痛み止めすら手に入らないようなつつましい暮らしを強いていた彼の父や義母に激しい憤りを覚えている。

彼を諦めず、目覚めさせようと手を尽くしていた母親が亡くなった話を聞いたときから、不安を感じていたが、侯爵家にはまだ父親がいる。大丈夫だと自分に言い聞かせていた。

まさか、ようやく目覚めた息子を、実の父であるバーデ侯爵がそこまで虐げるなどとは思ってもいなかったのだ。

（だが、もう大丈夫だ……）

ランベールが、父親と同世代のジーゲル侯爵からの求婚を阻止し、自ら求婚者として名乗りを上げたのは、望まない結婚からアシュリーを救い、なんとかして穏やかな暮らしを与えてやりたかったからだ。

だから、先々正式に夫婦になったあとも、彼の矜持を守るつもりでいる。

自分からの求婚に、彼がどういう気持ちで応じたのかはわからない。

バーデ侯爵が勝手に決めた可能性もあるし、もしくは単に、年上過ぎる求婚者を断るため、少しでも年の近い自分を消去法で選んだだけかもしれない。

だが、それでも構わなかった。

子供の頃は剣士になりたいと願い、一時は剣技大会で優勝するほど腕を磨いていた彼のことだ。決して辺境伯の妻としての振る舞いを強要したり、城に押し込めて自由を奪った暮らしをさせるつもりなどない。

アシュリーがただ、この地でゆっくりと体を癒やしながら、のびのびと過ごしてくれたら、それだけでいい。

目覚めたら、まっさきにそのことを伝えて安心させてやりたい。

自分の領内に彼を置いて自由にさせ、そして、できることならたまに笑顔が見られたら、それだけでランベールはじゅうぶん過ぎるほど幸せだと思った。

そばにさえいてくれれば、何からもこの手で守ってやれる。

——彼を不幸にした侯爵家には、二度と返さない。

＊

「全部お召し上がりになりましたね」

朝食の食器を片付けつつ、リュカが笑顔で言う。

「うん、ごちそうさま。美味しかったよ」

このローゼンシュタットの城に着いた翌日の夜から、アシュリーは驚いたことに、一週間ほどもずっと寝込んでしまっていたらしい。昨日になってようやく熱が下がり、今朝は久し振りに平熱に戻って体が楽になってきた。料理人が病み上がりのアシュリーのために作ってくれた、スープと柔らかい白パンに旬の果物の朝食は、時間がかかったがすべて腹に収めた。だが、もうこれで満腹だ。

「少しお痩せになりましたから、お昼からもっと力のつくようなものを作ってもらいますね」

「ありがとう。食欲もあるし、昼食はもっと食べられると思う」

リュカの言葉に頷くと、ずっと看病に当たってくれていた彼は本当に嬉しそうににこにこしている。

片付けを終えたあと、リュカが運んできてくれた茶を飲んでいると、ランベール卿が部屋にやってきた。

「目覚めた、と聞いたので伺った。昨日よりは顔色がいいようだな。薬は飲んだか？」

どこかホッとしたように言われ、立ち上がろうとすると、そのままでいいと言われる。

「はい、飲みました」と座ったままで答えた。

様子を見ると、どうやら彼もずいぶん自分を心配していてくれたようだとわかり、アシュリーは嫁ぐなり寝込んでしまったひ弱な今の体が心底情けなくなった。

「体調もずいぶん良くなりました。もう大丈夫です。申し訳ありませんでした、本当に不甲斐ないことです、着いて早々にこんな……」

謝ろうとすると、「謝る必要はない。こちらこそ、いろいろと気遣いが足りずにすまなかった」と逆に謝罪されて、思わずアシュリーはぽかんとした。

（……ランベール卿が……謝った？）

彼は真剣な顔で続ける。

「性急に行ってしまったが、婚約の儀式も、君がもう少し休んでから、体調を見て行うべきだった」

ふとその言葉に疑問を覚え、アシュリーは訊ねる。

「あの、ランベール様……婚約の儀式って……？　着いた翌日、司教様がしてくださったあの儀式は、結婚式ではなかったのですか？」

アシュリーの質問に、彼はかすかに片方の眉を上げた。

「違う。あれは婚約式だ。この地では教会で先々結婚する二人と司教によって執り行われるのが通例だ。正式なものだが、急がせたために教会の装飾はさせず、ああいった簡素なかたちになった。結婚式は、十月では忙しないため、年が明けた後、春頃を予定している。そちらには帝都から招待客もあり、軍の者たちも参加して、もっと大がかりなものになる予定だ。式は大司教が執り行い、慣例では城の舞踏の間で披露の宴が一週間催される」

彼の話によると、この地方では正式な結婚式は年に二回、四月と十月に行われる風習があるそうだ。他の時期に行ってはいけないわけではないのだが、その二か月が、この土地の神様からの祝福を最大限に受けられるらしく、ほとんどの者がその頃に結婚式を挙げるという。

そういえば、帝都では六月に結婚式を挙げた花嫁は幸福を得られるという言い伝えがあり、その時期に式が多いものだが、そのローゼンシュタット版、ということなのかもしれない。

（なんだ……そうか、あれは、まだ婚約しただけだったんだ……）

確かに、たとえ平民であったとしても、結婚式ならばもう少し華やかに飾られた中で行われるだろう。望まれたと思い込み、のこのこと嫁いできてしまったと落ち込んでいたが、そうだったのか、とようやくアシュリーは状況が腑に落ちた。

「僕、あれが結婚式だと勘違いしていました……実はあのとき、司教様のお話がよく聞き取れなくて」

ホッとしたアシュリーは、すみません、とぎこちない笑みを作る。

「ああ……そうだったのか」と、今度はなぜかランベールが安堵したように小さく息を吐いた。

不思議に思っていると、「司教は古い地域の出だから、言葉に少々訛りがある。私はこちらに移り住んで今年で三年目で、訛りに慣れているので、気づかなかった」と彼が説明する。

そして、一度迷うように言葉を切ってから、彼は続けた。

「……君が、なかなか誓いの言葉を言わないから……もしかしたら、私と婚約することを嫌がっているのかと思っていた」

ぼそぼそと言われて、アシュリーは目を丸くした。

「そ、そんなわけはありません！　僕は、自分でここに嫁いでくると決めたのですから」

そう言うと、ランベールはかすかにハッとしたようにこちらを見た。それから、濃い赤色の目でじっとアシュリーを見つめる。

彼が何か言いたげに思えて、アシュリーは無意識のうちに背筋を正す。

「あの、ランベール様……？」

もしかして、何か良くない話があるのだろうかと不安がよぎるが、よく見ると、彼は無意識にか、下ろした手をきつく握り締めたり、開いたりしている。どうやら、言葉を選びながらも、ランベールが緊張しているようだと気づく。

こちらからさらに言葉をかけるべきかと悩んでいるうち、ようやく彼が口を開いた。

「アシュリーどの……アシュリーと呼んでも構わないか」

「ええ、もちろんです」

アシュリーはすんなりと頷く。

「私のことも、よければ名前で呼んでくれ」

「あ、は、はい、では……クリストファ様」

予想外のことを言われて面食らうが、自分たちはこれから伴侶になる間柄なのだから当然だろう。それに、名前で呼び合うのは親しさの証しだ。

何を言われるかと心配していたアシュリーは、歩み寄ろうとする気持ちを感じる彼の言葉を聞いて、ホッとして思わず頬を緩めた。

その顔を見て、ランベール——クリストファがまたかすかに目を瞠る。

「——リュカ」

「はいっ」

壁際に控えていたリュカに声をかけ、「すまないが、私の部屋から鳥かごを持ってきてくれないか」と頼む。

「ペルルごとですね？」

（ペルル？）

さっぱり話のわからないアシュリーをよそに、クリストファが頷く。わかりましたと言って、急いでリュカが部屋を出ていく。

一週間も寝込んでいる間に、どうやらリュカはすでにこの城に詳しくなり、しかもクリストファとも懇意になったらしい。

行ったことはないが、クリストファの部屋はアシュリーの部屋からそれほど遠くはないようだ。それほど待たないうちに、リュカが覆い布のかかった鳥かごを持って戻ってきた。

ねぎらいを言い、受け取ったクリストファが覆いを取ると、中の止まり木に一羽の真っ白な美しい鳩がちょんと止まっている。

「この子の名はペルルという。私は週のうちだいたい二日ほどは国境に赴いて仕事をしている。今日もこれから留守にするが、もし、何か困ったことや伝えたいことがあれば、足首に書簡を入れた筒をつけてこの子を窓から飛ばしてくれ。ペルルはどんな早馬よりも短時間で国境にいる私の元まで飛べるから」

国境側にも、同じように伝令用の鳩を飼っていて、城からの連絡に返事をするときには、そちらの鳩を寄越すことができるそうだ。

ローゼンシュタットはやや土地に起伏があるところだと聞いているから、伝言だけなら馬を飛ばすよりも鳩の往復書簡のほうが便利なのだろう。

アシュリーはテーブルの上に置かれた鳥かごの中の鳩――ペルルと見つめ合う。ペルルは雪のように綺麗な純白の羽に、くりっとした賢そうな目をしている。

「私がいない間も、必ず朝晩、アシュリーにあの薬を飲ませてくれ。それから、医師が言っていた通り、夜には足を湯につけて解し、膝と足首には処方された軟膏を塗ってやってほしい」

彼に言われたリュカは、しゃきっと背筋を伸ばし、かしこまって答える。

「わかりました、どうぞお任せください」

クリストファは、一瞬アシュリーに目を向けてから、では、と言って、部屋を出ていってしまいそうになる。アシュリーはハッとして、慌てて彼を呼び止めた。

「クリストファ様、お待ちください！」

「――なんだ」

足を止めた彼に、急いで訴えた。

「あの……連絡方法はわかりました。とてもありがたいことなのですが、僕、これまで鳥を飼ったことがなくて、どうやってこの子の世話をしたらいいのか……」

「エサは私が留守の間、使用人が与えている。好物は葉物だ。詳しい世話の仕方はリュカが知っているだろう」

「はい！　大丈夫です、アシュリー様、私がちゃんとお世話できますから」

そう言われてホッとする。クリストファが可愛がっているという鳩を預かって、もし何か至らないことがあったら大変だ。リュカが世話をしてくれるなら大丈夫だろう。

去りかけていたクリストファは、何を思ったかアシュリーのほうへと戻ってくる。

彼は椅子に座っているアシュリーの前に立つと、膝の上に置いていた手をそっと取る。

剣を握り慣れているからか硬くて大きな手は、驚くほど温かい。

言葉を選ぶように、もしくは伝えることを躊躇うかのように一瞬口籠もってから、彼は口を開いた。

「ペルルは、何かあれば……いや、何もなくとも、飛ばしていい。手紙の内容は、足の怪我が痛んで辛いとか……もしくは、寂しいとか、そういったことでも、なんでも構わない」

そう言われて、アシュリーは思わずぽかんとした。

はい、と言えただろうか。

気づけばクリストファは部屋を去っていた。本当は、気遣いの礼を言い、行ってらっしゃいませと言って送り出すべきなのに、そんな余裕はアシュリーにはかけらも残ってはいなかった。

一見、もしや彼には人の心がないのかと疑うくらいに冷ややかに見えるけれど、よくよく見るとわずかに表情が変わるのがわかる。アシュリーへの心配や気遣いを見る限り、決して悪い人ではないようだということも。

(もしかして、不器用な人なのかな……)

託された白い鳩を鳥かご越しに眺めていると、リュカがいそいそと鳩のための水入れを持ってくる。これから厨房に行ってこの子のためのエサをもらってくるそうだ。

「薬物なら、明日からは裏庭の菜園から直接いただいたほうが新鮮かもしれませんね。お散歩がてら、今後はそうしましょうか」

「そうだね……それがいいかも。じゃあペルル、僕はアシュリーだよ。お前のご主人様はお仕事だから、しばらくは僕たちがこの部屋でお世話をさせてもらうんだ。よろしくね」

ピュルッと返事をするように一度啼いたあと、ペルルは突然、言葉をしゃべった。

「『アシュリ』」

「えっ」

一瞬面食らい、次の瞬間、自分の名を呼んだのが目の前の鳩だとわかってリュカと二人で目を丸くする。

「この子、しゃべれるの？」

「そうみたいですね……私も驚きました」

リュカも知らなかったようで、呆気にとられた顔だ。

その後もしばらくいろいろと話しかけてみたが、何か言うと、ペルルはピュルッと啼くか、もしくは『アシュリ』と名を呼んでくれるので、なんだか楽しくなった。

リュカによると、鳩の主食は雑穀類や新鮮な葉物らしい。

ペルルのためにエサをもらいに行き、鳥かごをより快適そうな場所に置いてみたりと、リュカはあれこれと動き回っている。だが、彼はアシュリーが寝込んでいる間もずっと世話をしていた。手伝いの使用人もいたようだが、リュカは休まずに付き添っていてくれた。

アシュリーの熱が上がればたびたび氷で冷やし、体を起こして水を飲ませたりと、昼も夜もなく働いていたからか、普段よりもきっと疲れてれているはずだ。

一通りペルルの世話をし、昼食をとったあと「もう僕の世話もペルルのほうも大丈夫だから、リュカも午後は休憩して？」とアシュリーは言った。

「いいえ、そんなわけにはいきません」

「本当に大丈夫。それに、何かあったらちゃんと呼ぶから、夕食の頃まで少し昼寝をして体を休めてほしい。リュカまで倒れてしまったら大変だから」

切々と話すと、いつもは頑固に応じない彼だが、おそらく今は本当に疲れているせいだろう。「もしも、何かありましたら遠慮なく起こしてくださいね」と言い、まだどこか心配そうに部屋を出て行く。

部屋の中には、アシュリーとペルルだけになった。

クリストファはもちろんのこと、リュカにすら聞きづらくてまだ聞けてはいないが、アシュリーには気になっていることがあった。

（寝込んでいたとき……薬を飲ませてくれたのは、もしかして、クリストファ様……？）

高熱が続いたせいか、記憶自体がかなり曖昧で、まるで夢の中の出来事のようだ。

リュカの可能性もあるが、薬を飲まされる間は、いつも大きな体にしっかりと抱きかかえられていた気がする。それは、ほっそりとした、まだ少年体形のリュカとは明らかに違う人物のように思えるのだ。

薬を口移しで飲まされていた感覚は、夢うつつの中でもやけに鮮明に残っている。とてつもない苦さで、本気で嫌だと思ったが、最後の一滴まで唇を押しつけられたまま抗えずに飲まされた。

おぼろげな意識の中でも、疼く足をそっと撫でられたり、額や膝を冷やしてくれたりした優しい手のことを覚えている。

亡き母は男爵家の娘で、自らの手で子供の世話をするような人ではなかったけれど、子供の頃のバーデ侯爵家には乳母や使用人たちがたくさんいて、皆、跡継ぎのアシュリーを大事に世話してくれた。

薬を飲ませてくれたのは、温かい人だった乳母を思い出すような、思い遣り深い手だった。

「クリストファ様かな……いや、やはり、リュカだったのかな……ペルルはどう思う？」

鳥かごはリュカとあれこれと悩んだ挙句、最も居心地の良さそうな窓際に置かれている。

突然訊ねられたペルルは右に左にと首を傾げ、最後にピュルッと啼いた。

まるで『さあね？』と言われているみたいで、思わずアシュリーは笑ってしまう。

病み上がりの上に、まだ体は本調子ではないが、気持ちは晴れ晴れとしている。

とりあえず、今はっきりとアシュリーにわかっているのは、リュカをいますぐにルーベン男爵のところに行かせる必要はなさそうだ——ということだけだった。

＊

ここのところ毎朝、アシュリーは目覚めて身支度をすると、自分が朝食をとる前に、まず城の裏庭に出る。

「おはようございます、アシュリー様」

挨拶をしてくれる顔見知りの庭師に「おはよう、今日もいい朝だね」と笑顔で返す。

城の使用人たちは皆親切だ。ランベール辺境伯夫人と呼んでくれる者もいたが、自分はまだ婚約中の身だ。できれば名前で呼んでほしいとリュカから他の使用人たちに伝えてもらうと、誰もが「アシュリー様」と呼び、見かけるたびに挨拶をしてくれるようになった。

杖をつきながら進み、アシュリーは丹精された花壇が美しい裏庭の先まで歩くと、仕切りの木戸を開けて菜園に入る。

領主が所有する広大な畑は別の場所にあり、こぢんまりとしたこの菜園では、主に厨房ですぐ使うような葉物類が育てられている。アシュリーは事前に許可を得て、クリストファから預かっている鳩のペルルに与える朝食として、新鮮な葉物をもらいに来ているのだ。

昼間、庭を散歩するときにはリュカにもついてきてもらっているが、朝だけは付き添いを断り、一人で歩くようにしている。『ペルルの朝ごはんのため』という目的があると、硬くなった足を解すための散歩も楽しみに変わった。

瑞々しい葉を数枚摘み取り、城に戻る。

ざっと洗って細かく千切った葉を鳥かごの中のエサ箱に入れてやる。待ち構えていたペルルはピュルピュルと大はしゃぎして、踊るように羽を広げてから、嬉々としてそれを食べ始めた。

「お待たせしました、朝食をお持ちしましたよ」

そうしているうちに、扉がノックされ、爽やかな笑みを浮かべてリュカが朝食を運んできてくれる。

朝、クリストファが不在のときは、大食堂で一人で食べるのは寂しいし、自分だけのために暖炉に火を入れてもらうのももったいなく感じて、この部屋まで運んでもらっている。

アシュリーに与えられたのは日当たりが良く広い部屋で、毎食のように季節の食材を使った美味しい食事がたっぷりと用意される。散歩をしている間に使用人が部屋を隅々までぴかぴかに掃除してくれて、何かあればすぐさま医師を呼んでもらえ、薬が足りなくなることもない。

自然豊かなこの土地は、空気も水も綺麗で、城内で働く人々もどこかゆったりしている。

まだ婚約中の身ながら、使用人たちは皆、アシュリーの顔を見るとパッと笑顔になり、深々と頭を下げてくれて、温かく迎えられていることが伝わってくる。

すべてが、目覚めたあと、まったく顧みられなかった侯爵家での暮らしとは比べものにならないほどの厚遇だ。アシュリーが少しずつ元の体を取り戻すのに、これ以上ないほどの素晴らしい環境だった。

昼食を終えたあとは午後の散歩に出る。城の隣には馬房があり、裏門を出た先には所有の果樹園が広がっている。

「今日は少し風が冷たいですね。アシュリー様のショールを持ってきてよかったです」

裏口から一緒に出てきたリュカが、慌ててアシュリーの肩に薄い毛織のショールをかけてくれる。「ありがとうリュカ」と言って受け取りながら、リュカ自身はいいのかと気にすると、自分は暑がりなので大丈夫だと言う。確かに、彼は体温が高いようでいつも手が温かい。自分も以前はまだ元気に満ち溢れ、こんなふうだったなと思うと少々切ない気持ちになりつつも、アシュリーはありがたくショールにくるまる。

付き添ってくれるリュカと共に、杖をつきながら、庭をゆっくりと歩く。

夏の終わりにこの城に移り住んでから、そろそろ一か月が過ぎる。ここのところ確かに、頰を撫でる風に少しずつ秋の気配を感じるようになった。

朝の菜園に出たあと、昼間にも必ず一度は城の外に出て庭を散策するのが、ここに来てからのアシュリーの日課だ。

大きな木を見上げれば大概リスが数匹いて、生垣の陰からは野ウサギが飛び出てくることもあって微笑ましい。庭師が整えた美しいかたちの植え込みを眺め、厩舎や家畜小屋のある裏庭を通り抜けて、敷地の最奥に広がる果樹園の周囲をぐるりと巡る。最後は途中のあずまやで少し休憩してから部屋に戻ることにしている。

そうして、アシュリーはリュカを伴い、日々少しずつ樹々の色が移り変わっていくローゼンシュタット城の広大な庭を堪能した。

（……何せ、時間だけはたっぷりとあるんだから……）

辺り一帯の領主兼国境警備の司令官としての任を負うクリストファは、一週間のうち二日ほど城を出て、隣国サフィリアとの国境検問所に詰めている。

今朝出かけていったばかりなので、明日の夕刻までは彼が部屋に来ることもない。彼が不在の間、来客等の対応は家令かシルヴァンがこなしてくれるので、アシュリーにはすべき仕事や予定もない。そこで、城内や庭をひたすら歩き回り、その合間に城の見取り図を頭に叩き込んだり、休憩中にはリュカが図書室から持ってきてくれたローゼンシュタットの歴史書を読んだりと、自分にできることを一生懸命に進めていた。

ここに着いて寝込んだあと、体調が良くなってくると、アシュリーは日に日に負い目を感じ始めた。

クリストファからは自由にしていて構わないと言われ、何一つ強制されることもなければ、用事を言いつけられることもない。

そうなると、あまりにもすることがない——つまり、とても暇なのだ。

辺境伯の婚約者として、自分に何かすべきことや覚えるべきことはないのだろうかと気になって訊ねるし、クリストファもシルヴァンも、そして家令のクライバーまでもが皆、ほぼ同じことを答えた。

『まずは、無理せずに少しずつ体力をつけ、体調を万全にしてからこの地に馴染んでほしい』

急ぐ必要はない、と誰もが口を揃えて言う。

それを聞いて、ようやくアシュリーは察した。つまり、『旅の疲労で長々と寝込むような状況のままでは、辺境伯の伴侶としての仕事をする以前の問題』だということだ。

今の自分が役立たずであることを再び自覚し、やや落ち込んだものの、事実なのだから仕方ない。

(まずは体調を整えて、それから、もっと体力をつけなきゃ……)

これから先、クリストファと結婚したあと、辺境伯夫人として役に立てるようになるには、何をおいてもまずは体力を取り戻す必要がある。すべてはそれからだ、とアシュリーは腹をくくった。

頭の中でそう考えながら、リュカと共に果樹園の中に足を踏み入れる。この土地は水が綺麗なおかげで味のいい葡萄が育ち、周辺の醸造所で造られる特産のワインは帝都でも非常に人気が高いという。言われてみれば、ローゼンシュタット産のワインは父も昔よく飲んでいた覚えがあった。

園内の木々にはもうじき収穫を迎える葡萄が艶やかで大きな実を蓄えている。時々、食事には葡萄が添えられているが。採れたての葡萄は驚くほど瑞々しくて甘い。毎年の収穫を終え、昨年仕込んだワインが完成する時期には、街でそれを振舞う祭りが行われるそうで、いっそう完成が楽しみになった。

そんなふうに紅葉も深まってきたある日のこと、アシュリーはふと、到着からずっと少ないと感じていた城内の使用人が少しずつ増えているのに気づいた。不思議に思ってそのことを話すと「それ、僕も不思議に思って、さっき聞いてきたところだったんです！」とリュカが教えてくれた。

「この辺り一帯は、街の中心部を除くと田園地帯と果樹園が多くて、城の使用人たちの実家は大半が農家です。城の使用人の半数は街から通ってきているそうなのですが、実家が農家の者は、作物の植えつけや刈り取りの時期は手が足りずに大忙しなため、交代で定期的に休暇を取ることを許されているんですって」

街人の暮らしが安定すれば、結果的に治安も税の徴収も安定する、というクリストファの考えで、街一帯の雇用を促進するため、城では街の人々から雇える限りの人材を雇っている。その上、実りの時期に長期休暇を与えるとは、ずいぶんと太っ腹な話だとアシュリーは感心した。

さらにリュカが聞いてきた話によると、二年と少し前、クリストファが領主となる前の辺境伯は、帝都からぞろぞろと自らの使用人たちを連れてきて、庭師と厩番、もしくは下働きくらいしか街の人間は雇ってもらえなかったそうだ。

そのせいで、これまで街の者は、領主にも国境警備の軍人たちにも、直接の関わりがほとんどなかった。税はきっちり徴収しつつ、城への献上品が少ないと文句を言われるので、どちらかといえば、辺境伯には反感を抱いている者のほうが多かったようだが、今は違うらしい。

道理で、城には所有の牧場や畑からの実り以上に、続々と献上品の数々が運ばれ、食事が豊かなはずだ。

一か月が経って、ようやく、領主の婚約者である自分が、やたらと城の使用人たちから笑顔を向けられ、敬いを感じるほど頭を下げてもらえる理由がわかった。

寂しかった城が賑やかになった理由が腑に落ちるとともに、アシュリーの胸に新たな疑問が湧いた。

(いったい、誰が『悪魔閣下』なんていう無礼な呼び名を、彼につけたんだろう……)

初対面の印象は、正直、いいとは言えなかった。

だが一緒に過ごす時間が多くなると、次第に、どうやら彼が不機嫌なわけではなく、愛想笑いができない人なのだというのもわかってきた。

彼は、怪我をした鳩を拾って飼い、率先して街人の雇用を作り出し、そして、役に立たなくなったアシュリーを妻に娶ろうとしている。

なぜそんな名で呼ばれるようになったのかは疑問だったが、アシュリーはすでに確信していた。

——ランベール卿は、悪魔などとはまったく正反対の人だ、と。

国境に赴いたクリストファと交代で、その日の夕刻、シルヴァンが城に戻ってきた。

「アシュリー様、ただいま戻りました」

クリストファが不在の今、まだ何の約にも立てずとも、立場的に言えば、彼の婚約者であるアシュリーは領主代理の身だ。礼儀正しく部屋まで挨拶をしに来てくれた彼にねぎらいの言葉をかける。

ちょうど茶を飲もうとしていたところだったので、椅子を勧め、リュカに頼んでシルヴァンの分も淹れてもらう。彼は恐縮しつつも「ちょうど飲みたいと思ってたんです。ああ、いい香りですね」と言っていそいそと腰を下ろした。

輝く黄金色の髪をしたシルヴァンは、クリストファと並ぶとどちらもハッとするような美男子の上に、髪色の金と銀の対比が眩いばかりだ。クリストファと同じくらい長身の彼は、整った容貌に場を明るくさせる話し方で、いかにももてそうな雰囲気をしている。

テーブルを挟んで向かい合わせに座った彼に、アシュリーは「最近、国境の様子はどうですか？」と訊ねてみた。

「収穫の時期で隣国との行き来が増えていますが、ありがたくもここ数日は特に問題ありません。平和が一番ですね」

そう言ってから、シルヴァンはなぜかにやりと口の端を上げた。

「婚約したばかりですし、しばらくは私が国境に詰めていますから、城のほうにずっといてくださって構いませんと言ったのですが、クリストファ様は頑固にいつも通り交代しに来て……というか、本来は国境警備の司令官としても地方領主としても、ずっと城にいるほうが普通なのですがね」

本来、辺境伯の地位にあり、しかも帝都ではヴァレリー伯爵家の跡継ぎでもあるクリストファは、国境警備の管理は部下の者に任せ、実務に赴く必要などない。前任者は年に数度、国境で何か問題が起きたときにやむなくやってくる程度だったらしい。

だが、クリストファは、些末なことであってもシルヴァンか、もしくは自分の目で確認するべきだと、率先して現場に赴く。さらには他の警備兵たちと同じように警備用の館に滞在するだけではなく、兵士の訓練の監督も自ら行っているそうだ。

隣国サフィリアとは、先代の王の時代に停戦して和平を結んだが、友好関係を築き始めてからまだ歴史が浅い。

あいにく、隣国の王家にもリンデーグの皇帝家にも生まれるのは男子ばかりで、なかなか結婚による血縁関係を結べずにいるのが両国間のわずかな不安要素となっている。

それに加えて、サフィリアを越えたさらに向こう側の国、バルザスでは、近年、海を越えて異国からやってくる難民の問題が浮上し、悩みの種らしい。中でも、どうにかサフィリアに入り込んだ荒くれ者たちは、このリンデーグにも侵入しようと試み、しばしば国境で偽造した身分証が見つかっては、逃亡する者と警備兵との間で小競り合いが起きているようだ。

剣を抜くような事態は稀らしいが、クリストファはそういった状況のためもあり、警戒を緩めずにいるのだろう。

現在、国境警備には、ほぼ必ずと言っていいほど司令官のクリストファかその側近であるシルヴァンがいる。それだけで、警備隊の中の揉め事や不法なものを通行させるための賄賂の横行を阻止するなど、問題の九割方は解消できるらしい。

「ご安心ください、サフィリアはもちろんのこと、バルザスにも、何か異変があればすぐに我々のところに連絡がきます。国家間の和平は、おそらくどこの国も守りたいと思っているんです。今は平和ながらも三か国間の長年の戦争は凄惨を極めたものでしたからね。このローゼンシュタットという街の名がつけられたのは、街に薔薇が咲き乱れるからではなく、昔、薔薇が咲いたように見えるほど辺り一帯に血が流れたからだともいわれていますし」

シルヴァンの言葉に、アシュリーは表情を引き締める。

「ええ……その話、本で読みました」

アシュリーもここに移り住んでから、城の図書室でこの土地についての書物を読んだり、使用人から聞いたりして、街の歴史を学んだ際にその話を知った。

「クリストファ様のお祖父様も軍人で、実は停戦前のこの地での怪我が原因で、命を縮められたようです……ですから、身内に縁がある分、いっそうこの土地に思い入れもあるのでしょう。国境を破られることは決してあってはならないと強く決意しておられるのだと思いますよ」

彼がこの土地に所以があるとは、初耳だった。

アシュリーがクリストファの話に反応を示したのがわかったのか、シルヴァンはそれからというもの、週に一度、城に戻ってくるたびに、あれこれと知っている限り彼について話してくれるようになった。

シルヴァンは子爵家の出で、クリストファとは初めて出場した剣技大会で対戦したあと、入隊した軍の同期だったおかげで友人になったのだという。二年後、クリストファが皇帝に抜擢されて国境に赴く際、本人から打診されて、こうしてついてくることになったそうだ。

そして今日もまた、クリストファが国境へ赴き、戻ってきたシルヴァンは、茶を飲みながらアシュリーに婚約者のことを話してくれる。食べ物の好き嫌いは特別ないが、意外にも酒よりも甘いものを好んで食べるとか、母を亡くした事件のせいでか、強盗や暴漢などといった輩に厳しく、その経験から、犯罪に手を染める人間を生み出さないために、少しでも街の人々の暮らしを豊かにする施策を進めているとか――。

シルヴァンのおかげで、少しずつクリストファのことを知っていく。料理は得意ではないけれど、日頃の礼に、今度、果実のパイでも焼いてみようかなどとアシュリーが考えていると、話の合間にふと、シルヴァンが話題を変えた。

「クリストファ様は、あんな感じで愛想のかけらもない人ですけど、伴侶とされるにはとてもいいお相手だと思いますよ」

突然そう言われて面食らう。シルヴァンは真面目な顔をしている。

「彼は常に冷静沈着ですし、相手の身分で態度が変わらない公平さを持っています。性格的に反感を買いやすいことは自分でもわかっているようで、私をそばに置いて足りない部分を補うところからも、ちゃんと周囲が見えている人です。皇帝の信頼も厚く、おそらく将来的には彼を自分のそばに引き立てたいと思って、まだ若い彼を、まずは国防の要所であるこの地に送ったのでしょう」

そう言ってから、カップを持ち上げて茶を一口飲み、彼は続けた。

「アシュリー様がいらしてからというもの、クリストファ様は国境にいても、毎日とても生き生きしていらっしゃいます」

「……そうなのですか？」

「ええ。私は入れ替わりでこちらに戻るので、向こうで一緒の時間はそれほど多くはないのですが、それでもはっきりわかります。きっと婚約されて、今とてもお幸せなのでしょうね。まあ彼は、昔からあなたのことが大好きですからね」

笑顔で言われて、アシュリーは驚きのあまり、茶を零しそうになってしまった。

「だ、大好き……昔から……？」

どういう意味だろう。シルヴァンは弁が立ちそうだが、上官の婚約者であるアシュリーを喜ばせるため、わざわざこんな明らかなおべっかを言うようなたちには見えない。

「それは、本当でしょうか……？」

それでも、喜んでいいのか迷ってアシュリーが訊ねるとと、彼は「もちろん、事実ですよ」と断言する。

「よく窓のほうを見ているなと思って訊いてみたら、あなたがペルルを飛ばしてくるかもしれないから、と言っていました。どうも待っていらっしゃるようなので、たまには何かお手紙でも送って差し上げたらいかがでしょう」

にやにやしながら言われて、思わず頬が熱くなるのを感じる。

「でも、用事もないのに飛ばすわけにはいかないので」と答えると、シルヴァンは少し砕けた口調になってさらに続けた。

「アシュリー様のそういうまっとうなところは、クリストファ様と相性がいい気がします。俺が彼と出会ったのは十六歳のときでしたが、クリストファ様は母上が早世されているせいもあってか、社交の場にはいっさい足を運ばず、同年代の友人も私以外にはいないようでした。俺のほうはあちこちの集まりに顔を出していたので、あなたの話題も自然と耳に入ってきたんですよ。どこの家の誰それと仲がいいとか、剣の教師は今誰がついているとか、母上と共にどこの晩餐会に参加しただとか。本当にささいな世間話ですが、あなたの話を出すと、クリストファ様はいつも目の色を変えるのがわかりました……彼は昔、あなたに剣を教わったことがあるのでしょう？」

(覚えていてくれたんだ……)

アシュリーが驚きつつも頷くと、シルヴァンは当時のことを思い出しているのか、おかしそうに言う。

「クリストファ様はあの頃も今と同じで、いつも澄ましたような顔をしているくせに、あなたの話にだけは明らかな興味を示して熱心に聞き入るので、俺はがぜん張り切って、できる限りの噂を集めては彼に教えていたんですよ。でも、その少しあとに、あなたは事故に遭われて……表向きは変わらないように見せながらも、俺の目には、彼が相当沈んでいるように見えました」

初めて聞いた話は、驚くことばかりで、アシュリーはやや呆然としていた。

クリストファが、たった二度遊んだだけの自分を忘れずにいただけではなく、事故に遭ったことに心を痛めるほど気持ちを向けてくれていたなんて――。

「ですから、あなたが無事に目覚めた上、こうして彼の元に来てくださって、俺は本当に嬉しくてたまらないんですよ」

にこにこしながら言うシルヴァンのカップが空になると、リュカが気を利かせて茶のお代わりを注ぐ。別の使用人が、ちょうど厨房で焼き上がったらしい美味しそうな焼き菓子を運んできてくれる。「リュカ、ありがとう。やあ、これは美味そうだ」と言って、シルヴァンは嬉しそうにそれを口に運んだ。

「俺の話はすべて事実なので、信じてくださって結構ですよ。もし気になるなら、ご本人にぜひ聞いてみてください」

もぐもぐと食べながらシルヴァンが言う。困惑した頭と熱い頬で、アシュリーはなんと答えていいのかわからずにいた。

でも、だったらあの行動は、とか、いやもしかしてそうではなく、などと、アシュリーがあれこれと心の中で悩み続けた五日後。いつものようにクリストファがシルヴァンと入れ替わりで城に戻ってきた。

彼は大概、夕刻に到着して、執務室で急ぎで目を通す必要がある書類仕事を済ませると、アシュリーのところに会いに来る。

「クリストファ様、お帰りなさいませ」

アシュリーは杖をつきながら立ち上がって出迎える。彼と顔を合わせるなり、ふいに動揺が湧き上がった。

無意識のうちについ、シルヴァンの『彼はあなたが大好き』という話を思い出してしまったのだ。

だが、クリストファはそれには気づかないようで、いつもと変わらない様子で訊ねてくる。

「留守の間、変わったことはなかったか。体調や、足の具合は」

「何もありません。足は特に変わりはありませんが、体調もいいですし、今日も菜園までペルルのエサをもらいに行きました。ペルルも元気です」

彼が不在の間も自分を気にかけていてくれたことがわかり、微笑んで答える。

「そうか」と言うかすかにホッとしたような彼の顔を見て、アシュリーはじんわりと心の中が温かくなるのを感じた。


　ここのところは体調も良く、足に関しても強い痛み止めの薬は必要なくなっている。腫れを引かせる薬だけは飲み続けていて、それもまたかなり苦味があるものだが、以前処方された痛み止めの薬の強烈なまずさに比べるとずっとましだ。

　やはり、この城に到着した翌日に高熱を出してしまったのは、長距離の旅による疲労に加え、いつもの薬を飲めなかったせいだったようだ。

　少し部屋で話をしたあと、クリストファと共に食堂に向かい、夕食をとる。最初の日と変わらず、席は他人行儀にテーブルの端と端だし、食事中に会話が弾むということもない。料理人が腕を振るった舌が蕩けそうに美味しい料理であっても、それぞれが黙々と食べるのに少々寂しさを感じることも変わらない。

　だが——彼は城にいる限り、こうして必ずアシュリーと共に食事をとってくれる。

　考えてみれば、事故に遭う以前のバーデ侯爵家で、父母と夕食をとることは稀だった。見た目を気にする母は、晩餐会や茶会での食事を楽しむために、家では料理人に一人だけ別のメニューを作らせて自室でとっていた。父は留守にしていることが多く——もしかしたら、当時から愛人宅に行っていたのかもしれないが――子供の頃からアシュリーは使用人に世話をされながら一人で食事をしていて、家族団らんの食事は数えるほどだった。貴族の家など皆てんなものだろうと、寂しいとも思わずに育ったから、ほぼ毎日のように誰かと食事を共にするのはこれが初めてだ。

（……もしかしたら、クリストファ様の家も似たような感じだったのかな……）

母は早くに亡くなり、帝国軍人の父が取り仕切る貴族の館。

もし彼が温かい家族の暮らしというものを知らないのだとしたら、いつまで経ってもアシュリーを客扱いして、こうして遠くの席に置くのも無理もないことだ。

ふと彼のほうを見ると、ちょうどクリストファのほうもアシュリーを見ていて、目が合った。

しかし、スッと何気ない様子で、彼はすぐに目をそらしてしまう。

そのあとは、こちらがじっと見つめていても、視線に気づいているのかいないのか、彼はいっさいこちらを見ない。マナーに則ってナイフとフォークを動かし、ワインを飲み、食事は終わった。

（クリストファ様が、僕に好意を抱いてくれていたというのは、本当なんだろうか……）

子供の頃のこととはいえ、シルヴァンの話を聞いてどぎまぎしたし、正直嬉しさも感じたけれど、戻ってきた彼とこうして向かい合うと落胆した。その態度からは、彼が自分のことを大好きだとは到底思えない。言葉にしてくれなくとも構わないが、せめてもう少し表情か態度に出してもらわなければ、すべてシルヴァンの勘違いに思えてくる。

腑に落ちない気持ちのまま、杖をつきながら席を立ち、アシュリーは彼に付き添われて部屋に戻った。

クリストファは食事のあと、必ずこうして部屋までアシュリーを送ってくれる。何度か断ってはみたが「部屋までは送らせてくれ」と言い、頑として引いてはくれなかった。視線や行動から察するに、彼はどうやら本気で、アシュリーが一人のときに転んで怪我をしたりしないかを心配してくれているようだ。

少しずつましにはなってきたものの、どんなに頑張っても、まだ歩くのは遅い。ましてや、アシュリーよりずいぶんと背が高く、足も長い彼には耐えがたいほどゆっくりなはずだ。心苦しいけれど、クリストファは短気なたちではないらしく、一度も急かされたことはない。常に杖をついていないほうの手を取り、アシュリーに合わせた速さで歩いてくれる。いつも何も言わないし、足の具合がいい日に少し速く歩けても、別段褒めることもしない。ただ、淡々と手を引いて歩いてくれるだけだ。だが、その変わらない態度は、必死で体力をつけようとしている今の自分には、とてもありがたいものだった。

ただ――一つだけ、アシュリーにはここのところ困り事があった。

彼に礼を言って部屋に戻り、夕食後は、少しペルルと遊び、リュカが淹れてくれた茶を飲んだり、本を読み、日記を書いたりして時間を過ごす。

リュカが寝台を整え、寝間着を出してアシュリーが寝るための準備を始める頃、扉がノックされてぎくりとした。

「失礼する」と言って入ってきたのは、夕食後に部屋の前で別れたクリストファだ。まだ軍服のまま、上着を脱いだだけの格好で、シャツの襟元すら開けてはいない。

ここに着いてから、アシュリーは彼の衣服が乱れているところを一度も見たことがなかった。

今日のように、軍服のときは上着を脱ぐ程度、私服のときも襟元は緩めず、自宅であるこの城の中であっても、クリストファはきちんとした格好でアシュリーの部屋にやってくる。今のように夕食も済ませ、もうじき休むような時間であってもだ。

シルヴァンなどは、アシュリーのところに挨拶に来るとき、すでに襟元を緩めていて、ハッと気づいて慌てて締めたりするほどだ。だが、どちらかというとクリストファが生真面目過ぎ、むしろシルヴァンのほうが普通なのだろう。

アシュリーが彼を迎えるために慌てて立ち上がると、リュカは「私は湯の準備をしてま

いります」と言って、そそくさと部屋を出ていってしまった。

手に持っていた器をテーブルの上に置くと、クリストファが「座ってくれ」と言う。

このまま座れば、またいつもの夜と同じことになってしまう。

「クリストファ様、薬より先に、お話があるのです」とアシュリーは切り出した。

「なんだ？」

やや怪訝そうな顔で訊ねる彼に、今日こそは言わねばと意気込んで口を開いた。

「お気遣いはありがたく思います。ですが、薬はちゃんと自分で飲めますから」

そう言うと、彼はかすかに秀麗な眉を顰めた。

一瞬黙り、それからアシュリーに大股で近づいてきて、脇に手を入れるとぐっと抱き上げる。

「クリストファ様!?」

軽々と持ち上げられたアシュリーは、気づけば、たった今自分座っていた椅子に腰を下ろした彼の膝の上に、横向きに乗せられていた。

そうしてから、彼はテーブルの上に置いた薬の器を手に取る。「まずくて飲みたくないのはわかる。だが、もう少しの辛抱だ」と言うと、クリストファはその器を自ら呷る。すぐにアシュリーの頤に指先がかけられ、仰のかされる。

「ん……っ」

言い訳をしているわけではない、と言おうとするより早く、彼の薄くて熱い唇がそっと押しつけられる。

抗いも虚しく、アシュリーはいつものようにクリストファから口移しで薬を飲まされてしまった。

樹皮を煮込んだ薬湯が口の中に少しずつ流し込まれ、そのたびに、アシュリーの喉がこくり、と小さく動く。すべてを飲んだことを確認した上で、やっと唇は離れる。

体の大きなクリストファに、肩を抱き込むようにしてしっかりと動きを封じられ、顎を掴まれて強引に飲まされるので、どうしても抵抗できない。

つい先月、薬の持ち合わせが切れて苦しい思いをしたアシュリーには、吐き出したり払い除けたりして、貴重な薬を無駄にすることはどうしてもできなかった。

この城に着いて、アシュリーがしばらく寝込み、回復したあと、いったん国境に赴いた彼が夕刻に戻ってきてすぐのことだ。

夕食後、リュカが早々に薬を運んできたときは、ちょうどクリストファが部屋を訪れ、近況を話していたところだった。

アシュリーがすぐには薬を飲まずにいると彼が「飲まないのか」と訊ねてきた。

部屋に人がいるときに薬を飲むのは失礼かと思い、アシュリーは「あとで飲みます」と答えた。

しかし、なぜかそれを聞いたクリストファは難しい顔になった。

それから、じっとアシュリーの顔を見つめ、「とてもよく効く薬だから、飲んでくれ」と言う。

アシュリーは戸惑った。もちろん、彼が部屋を出たらすぐに飲むつもりでいたが、そのとき飲む必要があった薬は、熱を引かせる強力な作用があるものの、とてつもなく苦い味のものだった。

顔もしかめるし、咳き込むかもしれない。つまり、人前ですんなりと飲めるような代物ではない。それは、クリストファ自身も知っているはずなのに。

あなたの前では飲めないのです、と言うべきかアシュリーが躊躇っていると、彼は今と同じようにアシュリーを膝の上に乗せて座り直し、驚いたことに薬を飲ませたのだ——口移しで。

それが始まりとなり、クリストファは城にいる限り毎夜、薬の時間になるとアシュリーの部屋を訪れ、こうして自ら薬を飲ませてくれるようになった。

薬は朝晩だが、時間によって処方されたものが違うらしく、朝の薬はそれほど苦くはない。

そう伝えると、飲まされるのは夜だけになったが、彼はアシュリーがもう自分で飲めるとどう訴えても、この薬は当初飲まされていたものよりずっと苦くはないのだと伝えても、頑として受け入れなかった。彼が不在の日はちゃんと薬を自分で飲めているとリュカに口添えしてもらっても、誤魔化していると思うのか許してはもらえなかった。

どうもクリストファは、アシュリーは自分が飲ませないことには苦い薬を飲めないのだと固く思い込んでいるようなのだ。

困った挙句、リュカに頼んで、夕食後、クリストファが来る前に薬を用意してもらえないかと訊いてみたこともあったが、すでに粉状にしたものもあるけれど、医師の話では、最も効果が高いのは、樹皮を煮込んで搾るという少々手間のかかる方法らしい。

しかし、彼とアシュリーの夕食が済んだあとは、ちょうど使用人たちが厨房のそばの食堂で食事をとっている時間に当たる。樹皮を煮ると独特の匂いがするので、できることならもう少しあとにしてもらえないかと頼まれたそうだ。

薬を飲むのは一般的に寝る前だし、そもそも眠る前に飲んでいる薬なのだから、彼らの願いは無理もない。

リュカにすまなそうに伝えられ、アシュリーも使用人たちのせっかくの食事時間を台無しにしたいわけではなく――結局、薬を用意してもらえる時間はずらしがたく、クリストファの訪れを拒むこともできない。そうして毎夜、アシュリーはやむなく彼の手で薬を飲まされ続けているというわけなのだった。


どうにかすべてを飲み終え、口移しの最中にうまく息が吸えなかったアシュリーは、荒い呼吸を繰り返す。すると、彼が薬の器と共に用意されていた布で、濡れた唇を丁寧に拭ってくれる。

「……毎日飲んでいれば、必ず快方に向かう。まずいだろうが、もうしばらくの辛抱だ」

慰めるように言われて、アシュリーは潤んだ目で彼をじっと見つめた。

確かに、薬がまずいことに変わりはないのだが、口移しに動揺し過ぎて、気づけば飲み終わっているというのが本音だ。

アシュリーは、今や確信を持っていた――この城に着いたあとで寝込んでいるとき、同じようにして薬を飲ませてくれたのも、クリストファなのだと。

十八歳の年から四年もの間眠り続けていたアシュリーにとって、それは初めての口付けだった。

こうして繰り返し口移しをされているが、婚約者同士なのだから、口付けぐらい当たり前のことだ。そう思うのに、毎回頭がぼうっとして、彼に口付けをされているという事実を呑み込めずにいる。

彼が何を考えているのかわからない。

なぜなら、クリストファは、アシュリーに飲ませるために、自分は飲む必要もないまずい薬を口にし、毎回同じ苦しみを味わっているのだ。

薬を飲ませるとき、クリストファは切実な表情をしてアシュリーを見つめてくる。シルヴァンの言葉を信じるなら、彼はアシュリーに昔から好意を抱いているということになるけれど、普段はそうとも思えない。しかし、このときだけは、そんな軽い感情では言い表せないほどの真剣な思いが透けて見えた気がして、いつも混乱してしまう。

——こんな目で見られるほど、こんなふうに大切に扱われるほど、自分は彼に何かをしただろうか……？

（いったい、なぜ……？）

「失礼します」と声がかけられてハッとする。目を向けると、リュカが足を温めるための湯を持って戻ってきた。

クリストファは膝の上に乗せていたアシュリーをいったん抱き上げてから、丁重に椅子に座らせ、立ち上がる。

「ではリュカ、アシュリーを頼む」

「はい、お任せください」

リュカに声をかけた彼が一瞬だけこちらに目を向ける。

「アシュリー、おやすみ」

おやすみなさい、と答えると、彼が部屋を出ていく。

扉が閉まり、思わずふう、と息を吐いていると、その足元に陶器の器を置いたリュカが心配そうに訊ねてきた。

「申し訳ありません、私は、お邪魔でしたでしょうか……?」

「何言ってるの、そんなことないよ。それより、重たいのにお湯をありがとう」

笑いながら言うと、ホッとしたようにリュカが頬を緩める。

靴を脱いでズボンを捲り、いつものように用意してくれた湯に足首までつけながら、アシュリーは内心で、リュカの心配はまったく不要なことだと思った。

なぜなら、婚約したあとも部屋は別々のままだし、クリストファはアシュリーにいっさい手を出してこようとはしない——そう、薬を飲ませる、という理由で濃厚な口付けをしてくる以外には。

後ろ盾もなければ帰る家もないアシュリーには、婚前交渉を拒むことはできない。嫁ぐつもりできたのだから、当然そういった行為をすることも覚悟してきた。

（……まだ、僕の体調が万全ではないから、気遣ってくれているってことなんだろうか……）

男嫁の自分は、そういう意味では望まれていない可能性もなくはないが、厳格そうな彼の性格上、もしかすると、式を終えるまでは手を出さない気でいるのかもしれない。そのせいでアシュリーは、自分が実はオメガ属であると彼にまだ打ち明ける機会が掴めずにいる。

（……クリストファ様は、なぜ、僕に求婚したのだろう……）

クリストファ自身は、昔の話を持ち出さないので、なんとなく話せずにいるが、アシュリーにとって一緒に遊んだ小さな男の子との思い出は、微笑ましい温かな記憶として心の中に残っている。

改めて不思議な気持ちになる。シルヴァンの言う通り、もし彼が本当に彼が昔のことを覚えていて、自分に好意を抱いてくれていたとしても、今のアシュリーは男嫁にするにしてもあまりにも条件が悪過ぎるからだ。

クリストファなら、どんな相手も望める。彼についてのおかしな評判が嘘だというのも、ローゼンシュタットに来さえすればすぐにわかるだろう。

辺境に引っ越すのが嫌だという令嬢はいるかもしれないが、彼に潤沢な資産があることを伝えれば、おそらく誰もが目の色を変えて求婚に応じるはずだ。

それなのに、クリストファは持参金もなく、役立たずの上、体も万全ではない自分を選んだ。昔の自分ならともかく、今の自分など誰も欲しがるわけがないのに。

考え事をしているうち、リュカがアシュリーの膝を湯で絞った布でそっと温めてくれる。

ふと、彼が口を開いた。

「……クリストファ様はいつも、アシュリー様の足の状態に気を配っておられて、早く良くなるようにと、心から祈っていらっしゃる気がします」

「うん……僕も、そうだと思う」

リュカの言葉が心に沁みた。なぜ、とか、どうして、とかではなく、クリストファの行動を見ればわかる。

――彼はアシュリーの体調と怪我を何よりも気遣ってくれている。足の具合がよくなるようにと、誰よりも願ってくれているのだろうと。

すっかり温まってぽかぽかになった濡れた足を布で拭ってから、リュカがそっと患部を揉み解し、最後に薬を塗ってくれる。

飲み薬で腫れを抑えた上でこうすると、日々、少しずつ動きが良くなってくる。やはり、寝たきりで血行が悪いままでいたことが悪化の原因のようだ。

礼を伝えると、リュカが湯を片付けて下がっていく。整えられた寝台に入り、柔らかな毛布にくるまりながら、アシュリーはクリストファのことを思った。

今日戻ってきたばかりの彼は、予定ではまだあと五日はこの城にいるはずだ。

婚約したのだから、少しずつでもお互いのことを知っていきたい。

明日はもう少し、何か、彼と話ができるだろうか――。

初対面のときに感じた印象は、今ではがらりと変わっている。

苦い薬を口移ししてまで飲ませてくれたり、困ったときにすぐ知らせられるよう、飼っている鳩を預けてくれたりと、嫌われてはいないはずだと思えるのだ。

いや、むしろそれどころか、もしかしたらシルヴァンの言うように――。

クリストファと顔を合わせるたび、少しずつ、見知らぬ土地に移住してきた不安が小さくなっていく気がした。

仏頂面の婚約者のことをあれこれと考えながら、アシュリーは安堵の気持ちに包まれて眠りについた。

＊

国境の館の執務室で書類を読みながら、クリストファは悩んでいた。

アシュリーがこの街にやってきて、二か月が経った。

彼は退屈だなどとは決して言わないが、移り住んでから城の中と庭園を歩く程度しか出かけておらず、未だに自分は彼に何もしてやれていない。

少しでもアシュリーの息抜きになることをさせてやりたい。

訊ねても、彼は気を遣っているのか控えめで、したいことや欲しいものなどを何も教えてはくれない。ここのところクリストファは、次第に彼はこの街に来たことを後悔しているのではないかと不安を覚え始めていた。

アシュリーが欲しがるのであれば、どんなものであっても手に入れるし、帝都から取り寄せることも厭わないというのに、望みがわからないのだ。

彼の笑顔が見たい。彼を誰よりも幸せにしたいと思っているのに、うまくできず、歯噛みしたい気持ちになる。

ちょうど部屋にシルヴァンが来たので、自分が留守にしているときのアシュリーの様子を訊ねてみる。

「戻ったときに挨拶に伺うと、だいたいリュカやペルルと楽しそうにしているようですよ。ああ、タイミングが合うと、茶や菓子を出してくれるので雑談をしたりします」と言われて、一瞬顔が強張った気がしたが、シルヴァンが自分の婚約者であるアシュリーに手を出すはずもない。彼はたぶん、クリストファがアシュリーに抱いてきた気持ちに誰よりも気づいているはずなのだから。それに、話し上手な彼となら会話も弾み、きっと息抜きになるだろう――口下手な自分などと話すよりも。

そこまで考えて落ち込みかけ、気を取り直してクリストファはまた訊ねる。

「城に籠もっていて、アシュリーは退屈ではないのだろうか」

「そうですねえ……まあ、華やかな帝都に比べれば、ここにはあまり娯楽という娯楽もないですし。ただ、アシュリー様は元々社交界の催しが大好きな方ではなく、剣の腕で名を知られていた方なわけですからね。今は体も回復途中ですから、そんなにご不満な様子もないのでは？　剣の稽古や対戦試合などができれば、きっとお喜びになられると思いますが、まだそれも難しいでしょうしね」

シルヴァンの言葉に、クリストファも「それはまだ少し先のほうがいいだろうな」と頷く。

彼と剣を交えたいのは山々だが、足があの状態で対戦するのはあまりに無謀だろう。リュカによれば、目覚めたときは足首も膝もまったく動かなかったそうなので、今はずいぶんましになったようだ。怪我自体というより、寝たきりだったときの後遺症によるものなので、急がずにゆっくりと治していければそれが一番いいはずだ。

何はともあれ、今は無理をしないことが重要だ。転んだりしたら治りかけの膝だけではなく、頭を打ちかねない。

クリストファは彼が城に来てから、自分がこんなにも心配性だと初めて知った。できることなら四六時中アシュリーについていたいと思うほどだ。どこに行くにも付き添いたいくらいだが、あまりしつこくして彼に嫌がられたり、婚約破棄を申し出られたら困る。結果として、やむなく夕食の際の部屋への送り迎え以外は我慢して、あとはすべてリュカに任せている。

考え込むクリストファを前に、シルヴァンが思い出すように言う。

「俺が見る限りですが、アシュリー様はそれほど部屋に籠もったままではなく、城の中や庭を歩いたり、使用人たちともよく会話をしているようですよ。体力をつけて、どうにかここの暮らしに馴染もうと頑張っておられるように思います」

（ここの暮らしに、馴染む……）

その言葉を聞いて、クリストファの胸はじんわりと温かくなった。

「今はどこも紅葉が綺麗だからいい時期ですが、お出かけにお連れするとしたら、足の具合がもう少し良くならないことには、この土地ではなかなか……」

困り顔のシルヴァンに、「そうだな……」とクリストファも頷く。ローゼンシュタットは緩やかな山脈を臨む街で、高台にある城から街に行くのは、歩くにせよ馬で出かけるにせよ、足が悪いとなかなかハードルが高いのだ。

「観光が難しいなら、気晴らしで、例えば新しい服を作らせるとか？　いや、もう必要な服は仕立て職人に頼んであるんでしたっけ……じゃあ、次の季節の服を仕立てさせるのもいいかもしれません。他には……帝都から宝石商を呼んで、どれでも好きなものをと言っても、アシュリー様はあまりお喜びにはならなそうですよねぇ。新しい剣を誂えるとか……いや、もう立派な剣をお持ちですし……」

あれこれと提案した挙句、シルヴァンも腕組みをしてうーんと唸るばかりになった。

遥々こんな遠方まで来てくれた上に、毎日体力作りをして、足の動きを回復させるために彼はせいいっぱい頑張っている。悪辣な後妻たちの陰謀で痛み止めが切れたときは、おそらく相当辛かったはずだが、朦朧としたとき以外、一度も苦しさを口にしたことがない。クリストファの前ではいつも背筋を正して凛としている。彼のためならなんでもしてやりたいと思っているのに、助けを求めてはもらえないのだ。

それならば、せめてもアシュリーの気分転換になるような息抜きをと考えてみたが、二人がかりで考えてもちょうどいいことが思いつかないのが悔しい。

「ああ……そうだ」

ふと、クリストファは思いついた案をシルヴァンに持ちかけてみる。その話を聞くと、シルヴァンがにっこりと笑って言った。

「それはいいですね！　足への負担も少ないでしょうし、きっとアシュリー様もお喜びになられると思いますよ」

クリストファはその様子を想像し、思わず口の端を上げた。

＊

クリストファが城にいたある日のことだった。珍しく昼間、薬の時間でもないときに彼がアシュリーの部屋にやってきた。

地方領主でもある彼は、この街の各施設や土地、人々から上がってきた陳情を検討したりなどの仕事に加えて、金庫番と財政管理もせねばならず、毎日なんだかんだと仕事が山積みでとても忙しくしているようだ。いつもは夕食の時間まで会う機会がないのにと、アシュリーは驚きつつも彼を迎える。

「――もしよければ、これから城の塔にのぼってみないか」

「塔に？」

この城は五階建てで、さらにその上には周囲を見通せる高い塔が伸びている。

さぞかし見晴らしがいいだろうとは思うが、アシュリーは杖が必要な自分の足のことを考えて戸惑った。まだ膝が曲がりにくいので、階段は難関だ。

「でも、塔まで階段をのぼるとしたら、僕はかなり時間がかかってしまうかも……」

「それは問題ない」

即答してから、彼は言った。

「時間がかかるとか、私の都合には構わなくていい。ただ君が、塔の上に行きたいか、それとも行きたくないかだけを教えてくれ」

興味がなければ気にせず断ってくれていいから、と言われて、アシュリーは悩む。

そばに控えているリュカが、気遣うようにこちらを見ている。まだ満足に床につけることもできないこの足で塔にのぼるとしたら、どれくらい時間がかかるだろう。忙しい彼に負担をかけるのは気が重いと、そこまで考えたあと、迷いを振り切り、アシュリーは胸に浮かんだ素直な気持ちを答えた。

「……行ってみたいです」

階段を避けて、広い城の中はまだ一階しか歩き回っていない。上階には相当な蔵書数を誇る図書室やこの地の美術品を集めた宝物室などがあると聞いたが、覗いてみるのはもっと足が良くなってからと諦めていた。

だが、せっかく彼が昼間の時間を割いてまで誘いに来てくれたのだ。断ったりしたら、きっと後悔する。行きたい、と正直な気持ちで思った。

アシュリーの答えを聞き、「そうか」と言って、クリストファはホッとしたような顔をする。

「では、案内しよう。今日は天気もいいし、風もそれほど強くはない。塔にのぼるのは絶好の日和だから。リュカ、少し冷えるからアシュリーのマントを。君もついてきてくれ」

すぐにリュカが、クリストファに手を取られたアシュリーのところまで外出用のマントを持ってきてくれる。

このマントは、ここに着いて間もなく、クリストファがこの土地で暮らすのに必要な服をあれこれと仕立ててくれたうちの一つで、秋用の外套だ。ちょうど今の季節にぴったりで、雪が降る頃までは使える。

にこにこしながらリュカがマントを着せかけ、襟元で紐を結んでくれる。臙脂色の毛織物のマントは羽のように軽いが、とても暖かい。

杖をつきつつ、クリストファに手を引かれて部屋を出ると、リュカがそのあとを追ってくる。一行はアシュリーの歩調に合わせ、ゆっくりと城の中央通路を進んでいく。

城の中心部を上へと続く白い石造りの階段の前に着くと、クリストファが「失礼」と言い置き、なぜかアシュリーの腰に腕を回してきた。驚いて目を丸くする彼の体をしっかりと支えてから、クリストファはその手から杖を抜き取る。

「――リュカ」

「はいっ」

リュカがすかさず手を出して杖を受け取る。え？と思っているうちに、膝の裏と背中に腕が回され、気づけばアシュリーはクリストファの腕に軽々と横抱きにされていた。

「あっ、あの……クリストファ様!?」

「最上段までのぼるには、まだ少々足への負担が大きいだろう。とりあえず、今日はこうさせてくれ」

そう言うと、彼は慌てるアシュリーをよそにリュカに目を向ける。

「私はこちらでお待ちしていますね」となぜか嬉しそうに言うリュカに頷くと、クリストファはアシュリーを腕に抱き、ゆっくりと階段をのぼり始めた。

塔の最上階に着くと、ようやくアシュリーは丁寧にその場に下ろされた。

ホッと息を吐き、礼を言ってから周囲を見回す。塔の上は四方がくりぬかれた造りになっていて、少し強めの冷たい風が吹き抜けていく。真冬には相当寒いのだろうなと思いながら、クリストファに手を引かれ、支えられて端のほうに近づく。

この城の部屋は天井までの高さがかなりあるせいか、塔の最上階は、思った以上に高いところにあった。

尖塔の枠に手をついておそるおそる辺りを見回してみる。城の広大な敷地の向こうには、

守護天使の像が立つ広場があり、その先に街が見える。

店らしき建物が立ち並ぶ大通りの奥には、似たかたちをした家々が軒を連ね、川を挟んでずっと遥か遠くには田園と、鮮やかに紅葉し始めた樹々に囲まれた丘陵地帯が広がっている。

ここに来てもう二か月、アシュリーは初めてローゼンシュタットの街の全貌を目の当たりにした。

毎日城の広い庭をうろうろと歩き回っているし、間近で見る樹々も美しいけれど、薄青色に晴れ渡る空の下で秋に染まった街を眺めるのは迫力があった。

隣に立ったクリストファが、遠くのほうを指さす。

「あれが、今シルヴァンが詰めている国境検問所だ」

「あそこが……」

街の先、川を隔てた小高い山の上に背の高い塀が覗いている。塀と繋がった石造りの要塞のような建物には城門が造られている。いつも、クリストファはあそこに赴いているのかと思うと、感慨深いものがあった。

馬で二時間程度の場所だそうだが、思ったよりも遠く感じる。

彼は遠くを眺めながら言った。

「私もまだ派遣されて三年目だ。帝都から見れば、ワイン以外には取り立てて目立ったもののない街だが、ここは、いいところだと思う」

アシュリーは頷いた。帝都を離れてまだたった二か月だけれど、バーデ侯爵家での暮らしが遠い昔のようだ。穏やかで平和な日々を過ごせることに感謝し、ここに来てよかったと毎日思っている。

「これからさらに紅葉が深まり、年が明けてしばらくすると、街も城も雪に覆われる。そして春には、ローゼンシュタットのあちこちで、溢れんばかりの花が咲き乱れる」

そこまで言ってから、ふとアシュリーに目を向け、クリストファがじっとこちらを見つめる。

しばらく、なにか躊躇うように黙り込んだあと、彼が口を開く。

「……すべて、君に見せたい」

そう言われて、心臓が止まりそうになった。

驚きの次に、じわじわとした喜びが胸に湧いてくる。

――これから、移り変わっていく季節の中で、彼と共にこの城で暮らしていく。

その様子を想像すると、思った以上にしっくりと自分の中に未来図が描けた。

今はまだ、いくつか色を変え始めた樹々がぽつぽつと見えるだけだが、きっと秋も、冬も、そして春も、ローゼンシュタットはとても美しく彩られるのだろう。

彼が、それを見せたいと言ってくれて、体の力が抜けそうなほどの安堵が湧いた。

自分は、ここにいてもいいのだとはっきりと言ってもらえた気がしたのだ。ちくり、とかすかに胸が痛むことは無視して、アシュリーは言った。

「僕も……ぜひ見てみたいです」

にっこり笑うと、目の前にいるクリストファが小さく目を瞠る。

一瞬唇を噛み、それからなぜか首を横に振る。なんだろう、と思うと、クリストファが気を取り直したように話題を変えた。

「君がここに来て二か月だ。時間はある。君がしたいことなら自由に金を使って構わない。何か、やりたいことや欲しいもの、望みはないのか」

突然聞かれて、アシュリーは戸惑った。

(やりたいこと——……)

「い、今は、ともかく、足をちゃんと治して……そして、体力をつけて、もっとあなたの役に立てるように……」

そう言いかけたところで彼の指がそっと口元に触れ、言葉を遮られる。

「それは、どちらかというと義務だろう。そうではなく、これから何かしたい、どうしていきたいという、君自身の希望はどうだ？」

自分自身の希望。

そんなことは、意識不明の状態から目覚めたあと、考えたこともなかった。

誰もアシュリーには訊かなかったし、自分自身、考える余裕すらなかったからだ。

ただ――あの事故から目覚めて、一変したバーデ侯爵家での日々の中で、気づいたことがある。

それは、育ってきた自分の家が、本当は決して幸せな家庭などではなかった、ということだ。

母は、アシュリーを自らの虚栄心のために望み通りにしたがった。

息子が剣の腕を磨きたがることは喜ばず、彼がオメガ属であったことに落胆していた。

舞踏会や晩餐会に出て華やかな人脈を築き、父と同じように帝国議員の一員として国の中心となり、友人たちに自慢できるような息子になってほしかったのだ。

父は、そんな母を自由にさせているように見せながら、その裏で若い愛人を作り、密かに子まで生ませていた。

そして自分はといえば、両親に愛されていると信じ込み、どうにか母の歓心を得たくて――愚かにも、無謀な行動に出てしまった。

そんな自らの愚かさのせいで、アシュリーは事故に遭い、母は命を落とし、父は資産を失い——結果的にローザまで死なせてしまったのだ。

「母も、僕の馬も、みんな、僕のせいで……そう思うと、もう何かを望んだりすることなんて、もう……」

将来の幸福に目を向け、何か望みを抱くことすらも、今の自分には贅沢なことだ。痛みはあってしかるべきで、辛い、苦しいなどと口にすることは甘えだと思っていた。

思わず口から漏れた言葉に、すぐさま「そんなことはない」と、クリストファが思いのほかきっぱりとした声で言い切った。思わず彼の方を見る。

「悔いる気持ちがあるのはよくわかる。だが、あえて無為に生きて、何になる?」

肩に触れながらそう訊かれ、アシュリーは混乱した。

「今すぐ前向きになれなどとは言わない。ただ、もしいつか、何か望みを思いついたら、そのときは聞かせてほしい」と言われて、眼下に広がる景色を目に映しながら、ぼんやりと考える。

しばらく黙ったままでいた。

クリストファも何も言わずにいる。

どれだけ時間が経った頃か、アシュリーはぽつりと口を開いた。

「……元通りでなくとも構わないから……、またいつか……剣を使ったり、馬に乗れるようになりたい……」

自然と本当の気持ちが口から零れた。

四年は長過ぎた。おそらく、完全に元のように戻るのは無理だろうと自分自身でもよくわかっている。だからせめて、剣技大会に優勝するような腕前は取り戻せなくとも、人の世話にならずに剣を扱って、自分とそばにいる者を守り、馬に乗って自由に移動できるようになりたかった。

クリストファは口の端を上げるとゆっくりと頷いた。

「大丈夫だ、また必ず剣も使えるし、馬にも乗れるようになる」

彼は迷いのない口調で断言した。

「医師も時間をかければ元のように治る可能性はあると言っていただろう。きっと、もっと良くなるはずだ」

まだその可能性を信じ切れず、ぎこちなくこくりと頷く。

すると、クリストファがアシュリーの手をぎゅっと握った。

それは、これまでにないほど強い力だった。

「……先々、帝都に戻ったら、ルーベン男爵家の墓地にある母君の墓参りに行こう。君の馬の墓も、どこにあるのか探しておく。……命を救われた君には、生き続けることで、きっと他にもできることがいくらでもある。気力が湧くまで、今は、ただ生きていてくれるだけでいい」

そう言われて、アシュリーは一瞬呆然となった。

――生きているだけでいい。

彼の言葉が、じんわりと腹の底に落ちて、それからじわじわと体が温かくなってくる。何をしたいかも考えてはいなかったが、これから何ができるかなど、さっぱり考えが及ばずにいた。

生きてさえいれば、自分にできることがあるだろうか。

そしてまた、いつか未来に希望を抱ける日がくるかもしれない――。

「……ありがとうございます、クリストファ様……」

ずっと曇ったままだった目の前が、唐突に開けたような気がした。目が潤み、涙が零れないように堪えながら、アシュリーは微笑む。

目が合うと、彼はなぜか狼狽えたように視線を彷徨わせた。

「礼には及ばない」

ふいに彼の腕が背中に回り、体を引き寄せられる。その腕にしっかりと体を支えられ、頬を撫でられたかと思うと、顔が近づいてくる。

吐息が触れるほど間近に怜悧な容貌が迫る。

アシュリーがどきっとした瞬間、彼が耳元で何か囁いた気がした。

「え……？」

聞き返そうとしたとき、硬い親指がゆっくりとかすかにアシュリーの下唇をなぞる。

くすぐったさで身を竦めかけると、顔が近づいてきて、そっと唇を重ねられた。

薬を飲ませられるときには何度もされていることだが、何も理由のないときに口付けをされるのはこれが初めてだ。

驚いてとっさに身を硬くする。触れる手も唇も燃えるように熱い。クリストファも緊張しているのだとわかった。

何度か確かめるように唇を啄まれたあと、ゆっくりと押しつけられる。

背中に回された逞しい腕と顎を掴む大きな手に捕らえられていては抗いようもない。だが、そもそも拒もうという気持ちはアシュリーの中に起きなかった。

ふっと力を抜くと、それがわかったのか、少しずつ口付けは大胆になっていく。

唇を味わうように吸われたあと、わずかに開いた隙間から舌が差し込まれた。

「う、ぅ、ん……っ」

咥内に熱い舌が入り込み、アシュリーは思わず身を捩る。

舌同士が触れ合い、優しく搦め捕られてそっと吸い上げられると、自力では立っていられないほど足の力が抜けてしまう。

竦んだ舌をねっとりと擦り上げられるたび、体の芯がじんと熱くなってたまらなくなった。

散々舌を吸われてじっくりと弄ばれ、頭がぼうっとするまで口付けを続けられる。

薬を飲ませるときは、いつもこんなふうではなかった。

彼がまさか、こんなにも濃厚で熱の籠もった口付けをするなんて考えもしなかった。

時折吹き抜ける風が心地いいほど体が熱を持っている。

わけがわからないまま、アシュリーはクリストファの情熱的な口付けに溺れていた。

＊

今日もまた、シルヴァンがやってくる頃合いを見て、リュカが茶と、それから焼きたての菓子にメレンゲとフルーツを添えたとっておきのおやつを運んできてくれた。

「ええと、『ジーゲル侯爵があなたに結婚を申し込んだらしい』という話がこの城に届いたときの話はしましたっけ？」

目を丸くして、思わずアシュリーはリュカと目を見合わせる。

「い、いえ……そのお話は、初めて聞きます」

「そうですか、実は、その話を伝えてきたのは城に出入りする商人なんですが、あのときはちょうど交代のために俺も城にいて……求婚の話を聞いたクリストファ様の顔を、あなたにお見せしたかったです」

シルヴァンの話にアシュリーとリュカは思わず聞き入る。

彼が城に滞在するのはクリストファと交代で、週のうち一泊だけだ。こうして茶と菓子を用意して待っていると、彼は城に戻るたびにいそいそとやってきてはあれこれ秘蔵のネタを話してくれる。

話題はもちろん、クリストファのことだ。

本当はクリストファ自身から聞ければ一番いいのだが、彼は自分自身のことをあまり話そうとはしない。そのため、こうしてシルヴァンから教えてもらえる話は貴重だ。シルヴァンの目を通したクリストファの姿は新鮮だったり、意外さがあったりで、アシュリーはリュカと共に、彼の話を聞けるのを楽しみにしていた。

シルヴァンは、今日は、クリストファがアシュリーに求婚するきっかけとなった話を教えてくれた。

「あのときは、アシュリー様が寝たきりになってから、もう四年も経っていましたからね。目覚められたとはいっても、正直なところ、俺としては、まさかまだ彼があなたを忘れていなかったとは思わなかったんですよ」

合間に茶を飲み、思い出すような笑顔になって、彼は続ける。

「確か、帝都から来た商人が並べた品を皆でためつすがめつしていたときです。商人があれこれと話す中で、つい最近、帝都で聞いたというあなたの噂を話し始めたら、いつも鉄面皮の彼が愕然として顔面蒼白になりましてね、いきなり立ち上がったかと思うと、俺にあとを頼んで『帝都に戻る』と言い出したんです。わけがわかりませんでしたが、いくらなんでもその後、馬を急がせて帝都を目指し、父上を説き伏せて、即刻あなたに求婚するだなんて思わないじゃないですか!?」

「そ、そうですよね……」

アシュリーはなんと言っていいのかわからずにもごもごとそう言うのがせいいっぱいだ。

（まさか、そんな経緯で求婚してくれたなんて……）

顔が熱くなるのを感じて慌てるけれど、そばに控えているリュカはにこにこと笑みを浮かべている。鳥かごの中にいるペルルが、ご主人様の秘密の話を暴露されているのがわかるのかどうか、ピュルー!!っと抗議するみたいに啼き声を上げた。

シルヴァンは楽しそうに笑いながら、目尻に浮かんだ涙を拭く。

「俺はね、アシュリー様、本当に嬉しいんですよ。クリストファ様は上官ですが、友人でもあります。仕事においては優れているけれど、不器用なところのある友人が、おそらく初めての恋を温め続けてきて、あなたの事故で一度は諦めざるを得なかった想いをなんとこうして成就させたんですよ。奇跡的にあなたは目覚め、そんなあなたと婚約にこぎつけたんですから」

「……シルヴァン様は、クリストファ様のことがお好きなんですね」

アシュリーがそう言うと、シルヴァンは一瞬驚いた顔になる。それから「ええ」と言って、満面に笑みを浮かべた。

「彼は、損得ばかり考えて他者を蹴落とすことに熱心な軍の中にいて稀な存在です。もし、クリストファ様のように裏表がなくまっすぐで、善悪を正しく捉えられるような人が本当に軍の頂点に立つことができれば、国は変わると思ってます。俺は、できることなら、それを支えたいと思ってるんですよ」

シルヴァンの青い目がまっすぐにアシュリーに向けられる。彼はふいに真面目な顔になって言った。

「無骨で愛想笑いができない性格だから、損をすることも相当多いようですが、クリストファ様は裏表がない、本当にいい方です。どうか、あなたには彼を誤解せず、見つけにくいいいところに気づいてもらいたい。そして……できることなら彼があなたを愛するのと同じくらい、好きになってくれたらいいんですが」

真剣な眼差しと心からの言葉に、アシュリーはこくりと頷く。

話し過ぎてしまったので、今日の話はぜったいに内緒にしてくださいね、と頼み、シルヴァンは帰っていった。

いいところなら、もうたくさん知っている。

クリストファが塔の上でかけてくれた言葉のおかげで、アシュリーは新たな目標を持つことができた。

春までに、もっと体力をつけて、膝と足首を自由に動かせるようになろう。そして、ゆつくりでもいいから街中を散歩して、それから、国境の辺りにも行ってみたい、と。

それを伝えたとき、クリストファは小さく笑った。

「では、君がいつ来てもいいように、国境の館の中を磨き上げておくように言っておく。そのときは中を案内して、向こうにいる鳩にも紹介しよう」

あまり感情表現の豊かではないクリストファの稀な笑みを見ると、いつしかアシュリーの胸は壊れそうなくらいにどきどきするようになった。

彼の気持ちは言葉にしてくれないからはっきりとは掴めないけれど、自分自身の気持ちは誤魔化しようがない。

自分は少しずつ、クリストファに心を委ね始めている。

――おそらく、シルヴァンが望む以上に。


クリストファが城に戻ってくるまでの間、アシュリーは庭を散歩するときも、ペルルの世話をするときも、ずっと彼のことを考えていた。

おかしな話だが、彼に薬を飲ませてもらうという日々の習慣にもだんだんと慣れてきた。

それどころか、クリストファがいない日に自ら薬を飲むのは少し寂しくて、より薬が苦く感じる。たった一晩のことなのに、早く帰ってきてくれないかとまで思ってしまうのだ。

そんな中でアシュリーには最近、新たな困り事があった。

帰ってきたクリストファと夕食をとり、眠る前に部屋を訪れた彼に薬を飲ませてもらうのはいつも通りのことだ。

しかし、席を外していたリュカが、足を温めるための湯を運んできてくれると、アシュリーの体は緊張で強張った。

いつも見計らったように、薬を飲み終わってしばらくしてからリュカが戻ってくる。

「お湯をお持ちしました」

クリストファが薬を飲ませるために膝の上に乗せていたアシュリーをいったん抱き上げ、丁寧に椅子の上に座らせる。

「ご苦労だった。あとは私がやるから」と言うと、彼はリュカに今日はもう休んでいいと下がらせてしまう。

新たな困り事――それは、塔の上に連れていかれたあの日から、ここ二週間ほど、クリストファは薬を飲ませるだけでなく、アシュリーの足を温める手伝いまでしてくれるようになったことだ。

自分がやるから、と言われて最初は驚いていたリュカは、もういつものことだと慣れっこで「はい。ではクリストファ様、アシュリー様、おやすみなさいませ」と答える。足を拭く布を用意すると、そそくさと部屋を出ていってしまう。

（リュカ……、待って……！）

内心で呼び止めつつも引き留められず、アシュリーはクリストファと部屋に二人きりになってしまった。

心の中で困り果てたが、湯は重い。一日働いたあとで、わざわざ使用人に頼んで湯を沸かし、ここまで運んできてくれたことを思うと、やっと仕事から解放されたリュカを自分の我儘で留め置くわけにもいかない。

クリストファがアシュリーの足元に陶器の器を置き、その中に、水差しから湯を注ぐ。彼は椅子の足元に跪くと、まず、アシュリーの部屋着の裾を腿の辺りまで持ち上げ、丁重な手つきで靴を脱がせる。それからウエストで編み上げにして締めたズボンの紐を解き「失礼する」と言ってから、ズボンを下ろしていく。

アシュリーがやむなく協力するために腰を上げると、ズボンはあっさりと足から引き抜かれ、下肢には薄手の下着と、それから腿の辺りにかかった部屋着だけという姿になってしまう。

それから、彼は熱い湯に浸した布を絞ると、アシュリーの足を丁寧に持ち上げ、足首までを器の中の湯に浸す。そして、湯で絞った布をアシュリーの怪我をしたほうの膝にそっと載せて、両方の患部を温めてくれる。

「ありがとうございます、クリストファ様……いつもすみません、こんなことまで……」

「構わない。私がしたくてしていることだ」

恐縮するアシュリーにそう言うと、クリストファは湯を掬い、足首の少し上にもかけてくれる。

城の塔の最上階で、アシュリーは彼に、正直に胸に湧いた望みを伝えた。

また馬に乗りたい、剣を使えるようになりたい、と。

それ以降だ、クリストファの行動が、薬を飲ませるだけでは終わらなくなったのは。

さらに彼は夜、リュカが持ってきてくれた湯で足を温めたあと、リュカの代わりに、アシュリーの足首と膝を手ずから揉むことまでしてくれるようになった。

驚いて、彼にそんなことはさせられないとアシュリーは断ろうとしたが、クリストファは引いてはくれなかった。

「少しでも早く、君の足が良くなるようにしたい。私も子供の頃に落馬して、足を怪我したことがある。医師からどう扱えばいいか、血の流れなどもよく聞いている。リュカより力もあるから、少しは役に立てるはずだ」と言われて、結局押し切られてしまった。

人の前に跪くことも、服を脱ぐ世話をしたり足に触れたりするのも、矜持を重んじる高位の貴族であれば滅多にしないことだ。それを躊躇わず、自分のためにしてくれるクリストファの優しさが、アシュリーの身に沁みた。

湯につかり、布でも温められた足がぽかぽかしてきて、体中に熱い血が巡るのを感じる。

（……ああ……どうしよう……また……）

だが、それと同時に――やはり今夜も、体に困惑するような変化が訪れ始め、アシュリーは内心でどうしようもなく困り果てていた。

湯が冷め始める前に、クリストファは湯からアシュリーの足を上げると、自らの膝の上に乗せ、乾いた清潔な布で丁寧に拭いてくれる。

それから、温まった幹部が冷えないうちに軟膏を塗り込まれ、最初に足首のほうをゆっくりと揉んでくれる。落馬をした経験がある、と言うだけあって、クリストファの揉み方は非常に巧みで、強く押すとまだ痛みのある場所を、痛みを感じない絶妙な強さでじっくりと揉んでいく。

「……っ」

「痛かったか？　すまない」

びくりと息を呑んだアシュリーに気づき、クリストファが手の力を緩めて謝罪する。

「い、いいえ、大丈夫です……でも、もうじゅうぶんですから……！」

必死でそう言ったが「もう少しで終わる」と言って、彼は今度は膝のほうに手を移す。

骨と皮ばかりになっていた足は、ずいぶん肉が戻って、見た目はましになってきたと思う。しかし、今はそれどころではない。膝のほうも同じように優しく揉まれて、アシュリーは必死に身を強張らせながら、泣きそうな気持ちになった。

確かに、彼は揉むべきところを心得ているし、リュカより力も強く、遠慮もない。

そのおかげで足の具合は着実に日々良くなっていて、彼の思い遣りに心から感謝している。しかし——困るのは、アシュリーはなぜかクリストファの手から、患部の血行を良くするため以外の刺激を得てしまうことだった。

大きくて指が長く、美しい彼の手が、自分の足を滑るたびに、じんと体の中心が熱くなる。下着の中の性器と、それから下腹の奥が熱く疼く。触れられてもいない性器の先端と、後孔までもが滴るほどの蜜で濡れていることに気づいたのは、クリストファが最初に足を揉んでくれたその夜のことだ。

彼が帰るまで体の熱が引かず、一人きりになってやっと平静を取り戻したことで、アシュリーは初めて気づいた。

——自分は、クリストファに触れられて、オメガ属として発情しているのだ、と。

事故に遭うまでは性欲を感じたことがなく、目覚めてからも一度もこんなふうに体が反応したことはなかったのに。

オメガ属の者は強い赤子を生むために、本能的に優れたアルファ属の男に強く惹きつけられるという。しかも、オメガ属が恋に落ちると、強い淫気を放ち、無視できる者は決していないそうだ。

中でもアルファ属の男は、オメガの魅力にはいっさい抗うことはできずに発情させられるといわれている。

まだ、反応しているのが自分だけで、アルファであろうクリストファが平然としているから助かっているが、万が一、彼に影響を及ぼしてしまったら、どうしたらいいのか。

アシュリーはこれまで一度も感じたことのなかった衝動に激しく戸惑っていた。

かといって、どんなに必死に頼んでも、彼は親切心から足を揉むことをやめてはくれない。

まだ彼には自分がオメガ属だとすら伝えられていないし、そもそも、ただ足を揉んでもらっているだけなのに、身悶えそうなほど感じて発情してしまうなんて。

自分の体の反応が信じられず、恥ずかしくてたまらない。

こんなことはリュカにも相談できず、アシュリーは毎夜のように、甘い拷問のような時間を過ごしているのだった。

つい先ほど、口移しで彼から薬を飲まされたばかりのアシュリーの唇は、わずかに腫れている。的確に足を揉むクリストファの手が動くたび、得も言われぬ感覚に、体が震えそうになる。

アシュリーの足元に跪いた彼は目を伏せている。目元に影を落とす長い睫毛と端正な容貌は、この世に生きている現実の人間とは思えないほど麗しく整っている。

清廉な彼とは裏腹に、必死に込み上げる衝動を堪えている自分が居たたまれない。

（お願いですから、もうやめて……）

ぶるっと身震いし、堪え切れずに口から懇願の言葉が出かけたとき、ようやくクリストファが揉む手を止めた。

服の中ですっかり反応してしまっている性器や、後孔から溢れた蜜で濡れた下着に気づかれはしないだろうか。

怯えているアシュリーを前に、軟膏のついた手を布で拭うと、彼は脚の付け根まで持ち上げていたアシュリーの部屋着の裾をそっと戻す。ズボンを穿かされそうになり、急いで
「じ、自分でできますから」と伝え、どうにかもそもそと穿き直す。

衣服を元に戻したところを見計らい、クリストファはアシュリーを抱き上げて寝台まで

運んでくれる。

横たえた体に毛布をかけた彼が、寝台のそばに膝をつき、そっとアシュリーの手を取る。クリストファは恭しくその指先に口付けると「おやすみ、アシュリー」といつもと変わらない様子で囁いた。

「おやすみなさい、クリストファ様……」

おかしいほど顔が紅潮しているが、それは湯に足をつけたせいだと思ってくれたのか、特に何かを言うこともなく、クリストファは部屋を出ていく。

彼が離れると、アシュリーの異常なまでの体の発情は徐々に引いてくる。

伴侶を決めて性交さえすれば、オメガ属の発情は収まるといわれているが、クリストファとの結婚式は年が明けて来年の春の予定なのだ。

それまで、クリストファに口移しで薬を飲ませもらい、脚に触れられる日々に自分が耐え切れるのかが疑問だった。

体のはしたない反応を知られるのが怖くてたまらない。

(どうか、クリストファ様に気づかれていませんように……)

必死で祈りながら、疲れ切ったアシュリーは意識を失うように眠りについた。

＊

十日ほど前から、クリストファは深い物思いに沈み込み、悩み続けていた。

ここしばらくの間、彼は国境の館に滞在し続けている。

原因は、当然のことながら、アシュリーだ。

十日前に彼は突然、『今後は薬は自分で飲めます、足を揉むのもリュカにやってもらいますので』と言い出した。

もちろん、なぜかと訊ねたが、手間をかけさせるのは申し訳なく居たたまれないとか、ともかく、もう迷惑をかけたくないとか、これまで何度も聞いた理由だった。

だが、アシュリーが辛そうに『して下さるお気持ちには本当に感謝しています。決してあなたに触れられるのが嫌なわけではないのです』と言うので、それ以上無理に押し切ることはできなくなってしまった。

それ以来、クリストファは城には戻らず、国境であれこれと仕事を進めたり、溜まっていた書類を整理したりと、悶々としながらときを過ごしている。

嫌というわけではない、と言われても、拒絶されるのはやはりショックだった。

クリストファは、アシュリーがここに着いて間もない頃、意識のない彼に初めて薬を飲ませたときの唇の感触が忘れられなかった。

本音を言えば、毎日でも口付けをしたいほどだったが、まだ婚約中の身で、本来は控えるべきことだ。

だから、彼に薬を飲ませる手伝いをすることは、クリストファにとって彼のためであり、同時に途方もない喜びでもあった。

そうしていつしかクリストファは、彼に口付けられるこの機会を心待ちにするようになっていた。足が少しでも回復するよう揉み解すことも、もちろん初めは善意からだったが、いつしかリュカの仕事を奪ってでも彼に触れたいと願ってしまった。

そんな、純粋な奉仕に隠した、密かなランベールの欲に、彼は気づいてしまったのかもしれない。

きっとアシュリーとしては、婚約者の身を逸脱した行為だと感じたのだろう。

内心で深く反省し、それ以上は無理強いなどもちろんしなかったけれど、今度は別の苦しみがクリストファの中で頭をもたげ始めた。

アシュリーは、おそらくバーデ侯爵家でのひどい暮らしから彼を救ったと、クリストファに感謝をしてくれている。

だから、これまでは触れることを強くは拒まず、笑顔を向けてもくれていた。

だがそれは、恋や愛という感情によるものではない。

なのに、自分のほうはといえば、アシュリーのささいな笑顔や視線に何か意味があるのではと誤解しては、鉄面皮の下で彼の一挙手一投足に内心でおろおろと動揺を繰り返しているのだ。

幼い頃の恩義から、どうにかしてアシュリーを虐げられた不遇の生活から助けたいと思って求婚した。そのときは、まだ自分自身、それを恋愛感情だとはっきりと自覚してはいなかった。

しかし、彼と再会し、婚約者になったあとは、少しずつ想いが募ってはっきりとしたかたちを成し、クリストファはもう自分の気持ちを誤魔化すことができなくなってしまった。

アシュリーに触れたい。

恩人としてではなく、唯一無二の伴侶となり、彼の愛を得たい。

爵位や資産、剣の腕であれば、他の貴族に引けを取ることはない。だが、どれだけ望んでみても、無骨で人付き合いが苦手なたちの自分に、アシュリーから純粋な好意を抱いてもらえるとは到底思えない。

（共に過ごす時間を重ね、ゆっくりと時間をかけていけば、いつかはそんな日が訪れるだろうか……）

彼の気持ちが伴わないうちに自分のものにしたくはない思いとは裏腹に、彼を求める衝動は、日に日に大きくなっていく。

まだ二十歳という年齢の未熟さゆえか、それとも自分がアルファ属であるせいなのだろうか、好きな相手がそばにいると、体に熱が灯ってどうにもならないときがあるのだ。

特に、アシュリーの部屋に薬を飲ませに行き、足を揉む世話をしたあとなどは、体に熱が籠もったようになり、夜半に浴室で何度も水を浴びたこともう数え切れないほどだ。

そうしないことには眠れないほど、アシュリーに触れると気持ちも体も昂ってしまう。

考え込みながら、クリストファは深くため息を吐いた。

これまで、こんなふうに思い悩んだことはなかった。黙々と剣の鍛錬に打ち込み、効果的な戦術を学んでいれば、おのずと道は開けて、迷いを感じることもなかった。

だが今は、まるで茨に絡め捕られた迷い道の中でもがいているかのようだ——。

そのうち、頭に血がのぼったままになり、国境警備という重責をまともに担うことすらできなくなるのではという不安もあり、そういった意味では、すべての世話を断られたのは、衝動を落ち着かせるのにいい機会だったのかもしれない。

クリストファは、二十歳にして初めて抱いた恋愛感情と、ままならない体の反応の間で困惑していた。このままでは、アシュリーの気持ちを無視して襲いかかってしまうかもしれない。

（しばらくの間、城を離れて頭を冷やすべきか……）

アシュリーが愛し過ぎて、触れたいが、嫌われたくはない。

断腸の思いで、クリストファはしばしの間国境の館に籠って過ごし、冷静になろうと決めたのだった。


いつもは一泊だけして戻るところを一週間ほど館に滞在すると、国境警備の司令官であり、近隣一帯の領主でもあるクリストファがずっと戻らないことに軍人たちは落ち着かなくなった。

すわ戦か、もしくは人事異動かと近くを通るたびにちらちらと顔色を窺われて、普段と違う行動で彼らの中にさざ波を立ててしまったことにすまなさを感じる。

次第にアシュリーの顔が見たくなり、もうそろそろ城に戻ろうか、いやまだ早いかと悩んでいた、十日目の朝方のことだ。

見覚えのある白い鳩が城の方角から飛んでくるのがクリストファの目に留まった。

急いで窓を開けて執務室の中に入れてやる。それはやはり、城から飛んできたらしい彼の愛鳩だった。

「ペルル、ご苦労だったな」

手に止まらせて労わるように撫でると、ペルルは身をすり寄せてくる。

足首にはやはり、書簡の入った筒がついている。おそらくはアシュリーからだ。そう思うと、一気にクリストファの気持ちは浮き立ったが、同時に不安も込み上げて来た。

筒を外し、こちらに置いている鳥かごを開ける。嬉々として入ったペルルは、中にいるもう一羽の仲間に挨拶をしてから、いそいそとエサを食べ始めた。

国境の館のほうで飼われている鳩は、グラウという名だ。ペルルと同じ純白の羽に、一部グレーの部分があるからそう名付けた。ある日、ペルルを置いていた城の窓際に現れ、毎日通うようになったので飼うことにしたが、ずっと一緒に置いておくと喧嘩をするので、一羽ずつ城と国境で飼うことにしたのだ。

クリストファがすぐに書簡を開くと、そこには短い言葉が綴られていた。

『お戻りにならないので心配しています　A』

やはり、アシュリーだ。しばらくこちらにとどまることは連絡済みだったが、やけに戻りの遅いクリストファを気にしているのだろう。自分が不在の間、名目上は婚約者の彼が領主代理となる。アシュリーの立場としては不安を感じるのも当然のことだ。

すぐに返事を書こうと思ったとき、ふと、細長い紙の端のほうが不自然に少し折られていることに気づく。

広げてみて、クリストファは思わず目を瞠った。

そこには『寂しい』と、迷うように、ごく小さな文字が綴られていた。

見つからなくてもいい、でも見つけてほしい、というようなその言葉は、クリストファの胸を打ち抜いた。

心の中に渦巻いていたもやもやとした迷いは、それを見た瞬間に、どこかへ吹き飛んでしまった。

すぐに紙を用意し、考える間もなく湧き上がる気持ちを綴る。書簡を筒に入れ、鳥かごから出したグラウの足首につけると、仕事だとわかったらしく、鳩はぷるぷるっと身を震わせた。

「グラウ、頼んだぞ」

窓を開け、声をかけてから放すと、鳩は空に羽を広げて跳び上がり、まっすぐに城の方向へと飛び立っていく。グラウは、クリストファが城に着くより早く、アシュリーの元に返事を届けてくれるだろう。

ちょうど食事を終えたペルルに「帰ろう」と声をかけて、移動用の鳥かごに入れる。手持ち無沙汰でこちらでの書類仕事はもうずいぶん先の分まで済ませてしまったから、何も問題はない。鳥かごだけを手に、クリストファは国境の館を出る。

「閣下、お出かけですか？」

門番の士官に訊かれ、「城に戻る。今日中にシルヴァンに交代するように伝えておくから」とだけ言って、足早に館の脇の厩を目指す。

士官は驚いていたようだが、クリストファは構わず、鳥かごを小脇に抱えて城へと馬を飛ばす。

館を出た瞬間、頭の中はもうアシュリーのことで埋め尽くされていた。

＊

ローゼンシュタットでは毎年、春と秋の収穫の時期に祭りが行われる。

アシュリーがここに来て三か月目、ちょうど秋の終わりの収穫祭が近づいて、街も城の人々も皆期待で浮き立っているのが伝わってきた。

「この城でも、所有する果樹園で採れた葡萄から造った、今年できたばかりのワインが振る舞われます」とクライバーが教えてくれる。二日間、街の通りには食べ物を供する露店がずらりと並び、秋の飾り物が山積みにされて、どれも次々と売れていくらしい。

どこもかしこも一気に賑やかになり、誰もがこの時期を待ち望むという由緒ある祝祭だ。

アシュリーも例年の盛大な祭りの話を聞いて、始まる日を楽しみにしていた。


一週間ほど前、クリストファがようやく国境から戻ってきてくれて、アシュリーは心底安堵した。

『すまないが、仕事でしばらく国境の館にとどまる』という伝言は届けられたものの、彼が戻ってこない理由は明らかに自分だとわかっていた。薬を飲ませる手伝いも、足を温めてくれるのも、決して嫌だったわけではない。だが、拒絶したのだと誤解されてしまった。おそらく、クリストファは親切を退けられ、傷ついたと同時に、不快に思ったのではないか。

悲しさのあまり、アシュリーは初めて、書簡をつけたペルルを国境に向けて飛ばした。無事に彼の元に着いただろうかと心配していると、何時間も経たないうちに、家令のクライバーが、なぜか予備の鳥かごを手に部屋を訪れた。

「先ほど城に飛んできたのです」と言い、中には、国境のほうで飼われているというもう一羽の鳩が入っている。どうやらクリストファが向こうから返事を飛ばしたらしい。ペルルにそっくりだが、その鳩には、羽根に少しグレーの部分がある。クライバーによると、名前はグラウというらしい。

「あっ、この子も書簡入りの筒をつけていますね」とリュカが言い、クライバーとリュカのいる前で、アシュリーはグラウが運んできたその書簡をどきどきしながら開いた。

『今すぐに戻る　愛している　C』

美しい筆致の書簡には、予想外の言葉が綴られていた。急いで書いたのだろうに、極めて丁寧な筆跡は、彼の誠実さと本音を表しているように思え、リュカたちの前で、アシュリーは顔が真っ赤になるのを感じた。

それから間もなく、馬を飛ばしてクリストファ自身も城に戻ってきた。どうやら、ペルルを受け取るなり、すぐさまグラウをこちらに向けて飛ばし、自らもあとを追うように城を目指したらしい。

到着の知らせを受けて、何がなんだかわからないまま急いで迎えに出ると、彼は「寂しい思いをさせてすまなかった」と謝罪し、驚いたことに、その場でアシュリーを抱き締めた。

「君に触れたい衝動がどうしても抑えられないので、国境で頭を冷やしていたが、会えないことのほうが耐えがたかった」

城の入り口で彼に抱き締められ、その上、真顔でそんな告白をされて、アシュリーの顔はこれ以上ないほど真っ赤になった。

一緒に迎えに出て、二人の様子を見たリュカは頬を染めて涙ぐみ、何事かと慌てて出てきた使用人たちは歓声を上げ、城の前にはなぜか拍手が湧き起こった。

意外にも、皆が見ていることなどいっさい気にしない彼に驚き、人並みの羞恥も湧いて、アシュリーはただ「お帰りなさい」とだけ伝えるのがせいいっぱいだった。

クリストファが無事に戻ってきて、素直な気持ちをそのまま伝えてくれた。そのことが嬉しくて、それだけで胸がいっぱいになった。

自らの衝動に困惑していたのは自分だけではなかったのだ。自分の気持ちはもちろん、彼の気持ちももう疑いようがない。不安に感じていた彼との結婚の日が、今では待ち遠しいほどだ。

「アシュリー様、よろしければこちらもいかがですか？」

今年できたてのワインです、と言われて城の使用人から試飲用のグラスを手渡される。

「ありがとう、すごくいい香りだね」と笑顔になり、アシュリーはそれに口をつけた。

隣に付き従うリュカも勧められていたが「すみません、私は仕事中ですので」と生真面目な彼は丁重に断り、葡萄ジュースのほうを受け取っている。

教会の舞台から、聖歌隊の美しい歌声が響いてくる。

今日の城の前庭は、いつもの穏やかな静けさとはがらりと変わって大賑わいだ。

収穫祭の日は、一日目だけ領主の住む城の門が開けられ、前庭から一階のエントランスホールまでが街人に解放される。

今日は秋まで働いた人々への慰労のため、城に楽団が呼ばれて明るい曲を奏で、民族衣装を着た舞踏団が軽やかに踊りながら靴を踏み鳴らす。時間によって、曲や衣装、踊りが変わるので、ずっと見ていても飽きないほどだ。

前庭には城の料理人が作った軽食が山のように積まれ、集まってきた人々にどんどん振る舞われている。街でも収穫物を使った食べ物の出店は多く並ぶが、城が提供するものはすべて無料で、料理番の作るものはすべて絶品だ。それを目当てにして次々に人が集まってくるようだ。

所有する土地の果樹園から今年収穫され、醸造したばかりの酒は、年を重ねたワインに比べて渋さがなく、軽い口当たりで飲みやすい。

「さっぱりしていてとても美味しいね。これは食事にも合いそうだ」

グラスを渡してくれた使用人にワインの感想を伝えると、彼女はにっこりして「気に入っていただけて何よりです。献上品の中にボトルがありますので、いつでも夕食にお出しできますから」と答える。

「アシュリー様、お疲れでしょう。裏庭に移動しませんか？」

少し人が多くなってきたので、まだ杖が必要なアシュリーを気遣ってリュカが言う。

「そうだね、ちょっと休憩しよう」

祭り気分はもうそれなりに堪能したので、アシュリーも同意する。お代わりのワインや油で揚げた肉包みなどの軽食をあれこれと勧められ、礼を言って受け取りながら、それを持って二人は裏庭のほうへと向かった。

解放されていないここに入れるのは、城で働く使用人たちと、主人であるクリストファとその婚約者のアシュリーだけだ。

人混みを避けてきたのか、ぽつぽつとくつろいでいる人影が見え、アシュリーたちの姿を見ると皆ぺこりと頭を下げてくれる。

杖をそばに置き、日当たりのいい生垣のそばにあるベンチに腰を下ろして、リュカと二人で食べ物と飲み物を味わう。

「クリストファ様は、まだお仕事が終わらないのでしょうか」

リュカに訊かれて、アシュリーは首を傾げた。

「うん、終わっていたら、たぶん前庭に出てきてくれるはずだから」

本当は、今日の祭りはクリストファも一緒に見て回る予定だった。だが、朝早くに国境から何人か使いの部下がやってきて、それ以来、彼はずっと執務室で何か話し込んでいる。

(もしかして、国境で何かあったんだろうか……)

以前、雑談の中でシルヴァンが『国境で起こる犯罪は、冬場が一番多いんです』と言っていた。人々が飢える時期で、しかもリンデーグ帝国は国中が雪に覆われる。衣服が厚くなり、荷物がかさばり、必然的に違法なものを隠しやすくなるというのだ。

少し不安になるけれど、クリストファは何か起これぱきっと教えてくれるはずだ。

しばらく裏庭のベンチでくつろぎながらリュカと話をしていると、ふいに生垣の向こう側から話し声が聞こえてきた。

「急ぎで馬車を整備し直しておくよう言われたんだ。手伝いを頼めるか？」

どうやら、生垣の向こうにいるのは、城で雇われている御者たちらしい。おそらくアシュリーたちと同じように前庭の騒ぎを避けてやってきたのだろう。

「わかった、どの馬車だ？」

「帝都まで走らせるための馬車を二台だ。いつでも出発できるように準備しておかなきゃならない」

「じゃあ、もしかしてランベール卿が帝都に戻るのか？」

どきっとして、思わずアシュリーは口を閉じ、話に聞き入る。リュカも同じのようで、隣で静かに耳をそばだてているようだ。

「いや、帰るのは婚約者どの……一通りの荷物と、それからアシュリー様ご自身らしい」

（僕……？）

愕然として、思わずアシュリーは杖を掴むのも忘れてすっくと立ち上がる。

「アシュリー様、お待ちください……っ」

リュカが慌てて声をかけてくるのを置いて、わずかに足を引きずりながらも、できる限り急いで生垣を回り込み、御者たちの前に出る。

裏側にもベンチがあったようで、そこに座って話し込んでいた二人の御者は、アシュリーを見てぎくりとして立ち上がる。

「アシュリー様！」

「邪魔をして申し訳ない。馬車の整備をする話が聞こえてしまったのですが、いったい誰が、僕は帝都に戻ると言ったのですか？」

——質問するまでもない。

そんなことを決められる者は、この城で一人しかいないのだから。

しどろもどろで困惑する御者たちから事の経緯を聞き出すと、アシュリーはすぐさま身を翻す。杖を拾い、慌ててあとを追ってくるリュカと共に、城の執務室へと足を向けた。

ノックの返事が聞こえると、すぐさまアシュリーは取っ手に手をかけて扉を開けた。

「アシュリー？」

クリストファが驚いたような声を出す。

執務室の中には三人の人物がいた。正面の壁に大きく取られた窓を背に、机に向かって座っているクリストファと、それから軍服から見るに、国境警備隊である彼の部下二人だ。

「二階まで来るなんて、いったいどうしたんだ。杖は？　何かあったのか」

立ち上がった彼が訊ねながら急いでアシュリーのほうへやってくる。

彼が驚くのも無理はなかった。クリストファの執務室は城の二階にある。アシュリーの部屋は一階にあり、階段をのぼるときの足への負担を考えて、治るまでの間は上階には足を向けないようにして暮らしているのだから。

だが今は、足への負担など考えられないほど、アシュリーは動揺していた。

いきなり無茶をして、膝と足首がじんじんと疼いている。ふらつきそうになり、とっさに壁に手をつくと、クリストファがすぐさま背中に腕を回して支えてくれる。

「クリストファ様、お仕事中にすみません、お話があるのです」

「わかった――では、手はずは先ほどの通りだ。頼んだぞ」

アシュリーの肩を抱きながら、彼は部下たちに言う。

「お前たちは先ほどの話をシルヴァンに報告してくれ。私も明日の朝には国境に向かう」

クリストファの指示で二人の軍人たちは敬礼し、すぐに執務室を出ていく。扉の前にいたリュカに「アシュリーと話をするから、君は部屋に戻っていてくれ」と伝える。

心配そうなリュカが出ていって扉が閉まり、二人きりになると、仕事の邪魔をしてしまったという苦い後悔がアシュリーの胸を埋め尽くす。

「どうした？　とりあえず、座ったほうがいい」

彼にそう声をかけられ、答えようとした瞬間、アシュリーの目からぼろぼろと涙が溢れてきた。

クリストファが目を丸くする。アシュリーは嗚咽を堪えながら、必死に問いただした。

「あ、あなたは、僕を帝都に帰らせるおつもりだと聞きました。なぜなのですか？」

彼は突然部屋に飛び込んできて泣きながら訊ねるアシュリーにも怒らなかった。胸元に抱き寄せられ、アシュリーはクリストファの軍服の胸元に抱え込まれる。

どうしても言わずにはいられなくて、彼の胸元にしがみつき、切実な気持ちで懇願した。

「どうか、お願いです、追い返さないで……今は力不足でも、伴侶としてふさわしくなるように、これから一生懸命に努めますから……！」

「アシュリー、それは誤解だ。追い返すわけじゃない。これは君の安全のためなんだ」

クリストファはアシュリーを応接用の長椅子に導いて座らせると、事情を説明してくれた。

実は現在、国境付近での小競り合いが頻発し、やや状況が緊迫しているらしい。

彼らは隣国サフィリアの者ではなく、そのずっと先の国から海を渡ってきた異国の者たちだ。サフィリアで様々な珍しい品を貴族に高値で売る商売を始め、さらに何人かをリンデーグに送り込もうと国境までやってきたはいいが、荷の中にサフィリアの貴族から届け出が出されている高価な盗品が発見されて、揉め事になった。

リンデーグ側では、クリストファ率いる国境警備が厳しく目を光らせ、統率がとれている。多額の賄賂を出したところで決して入国することはかなわない。

先日、その一団が捕らえられたあと、その経緯から少しでも怪しげな荷は徹底的に検められるようになり、不審者を捕らえてサフィリア側に送り返そうとする軍人たちと、どうにかして逃れようとする者たちとの間で混乱が起きているそうだ。

「サフィリア側の国境警備とも連絡を取り、協力し合っているんだが、どうも隣国の警備の中に異国の民と癒着している者がいる気配がある。極力隣国とは揉めたくないが、不正を見逃すわけにもいかない。だから、万が一にも何か不測の事態が起きたときのことを考え、念のため、君を一時的に帝都の別邸に避難させたいと考えていたんだ」

一連の事情を聴いて、アシュリーは呆然とした。

「では……では、僕がいらなくなったから、帰すわけではないのですね」

「いらないわけがないだろう？　君は私の大切な婚約者だ。なぜ、私の言葉を信じない？」

不思議そうに訊かれて、アシュリーは躊躇いながら答えた。

「信じています……でも、帝都に戻される話を聞いたら、不安でたまらなくなって」

「何を言っているんだ。私がどれだけ君との結婚の日を待ち望んでいるか、知らないとは言わせないぞ」

クリストファは顔をそっと寄せて小さく笑う。アシュリーの頬は熱くなった。

確かに彼は、アシュリーとの結婚式を迎える日を待っている。今は薬を飲ませてもらったり足を温めてもらう手伝いは遠慮しているが、その代わり、クリストファはアシュリーの願いを聞き入れ、食堂のテーブルの座る位置を変えて、そばの席で会話をしながら食事をしてくれるようになった。

そして、食事を終えたあとは、少し部屋に寄り、アシュリーと二人だけの時間を取ってくれる。そしてリュカが気を利かせて下がると、帰る間際に足が崩れそうなほどの情熱的な口付けをしてから、名残惜しそうに去っていくのだ。もっと一緒に過ごしたいと思っているようだが、彼の性格上、婚約中に同じ部屋に移り住むのを自分に許すことができないらしい。そのせいで、毎日のように『なぜ私は十月に式を挙げると決断しなかったのだろう』と自問自答しては悶々としているのが微笑ましかった。

だから、彼の気持ちを疑うことはなかったが、なんらかの事情で自分をバーデ侯爵家に送り返さなくてはならなくなった可能性は消せない。彼はそれを言えずに悩んでいるのかもとアシュリーは誤解したのだ。

クリストファが涙に濡れたアシュリーの目元を優しく拭う。

「ああ、こんなに泣いて……いったい、誰から聞いたんだ？　君には準備ができ次第私から直接説明するつもりでいたから、まだ言うなときつく口止めをしておいたというのに」

「聞いてしまったのは本当に偶然なのです。どうか、誰も決して叱ったりしないでください。僕が勝手に聞いて、混乱しただけなのですから」

ごしごしと自ら涙を拭くと、アシュリーは姿勢を正す。

大切なことを言うために、彼に向き直った。

「クリストファ様、僕の身の安全を気遣ってくださることは、とても嬉しく思います。ですが、僕はもう、一人で帝都に帰ることはしません。あなたと生涯を共にする覚悟を決めてこの街にやってきたんです」

固い決意を聞いて、クリストファが一瞬かすかに目を瞠る。

「だから、何が起きても、僕はあなたと共に、このローゼンシュタットに残ります」

アシュリーが自分だけが帝都に戻ることを拒むと、彼は困り果てた顔をした。

「私がどんなに頼んでもか？」

はい、とアシュリーは頷く。

小さく息を吐き、クリストファはアシュリーの頬にそっと手を当てた。

「仕方のない人だ。だが……君に黙ったまま、どうにか誤魔化して帝都に避難させようとしていた私にも非はある。ならば、この城には決して害が及ぶことのないように、全力で努めよう」

そう言われて、顔が近づけられる。初めて執務室で唇を重ねられ、アシュリーは小さく身を強張らせた。だが、すぐに体の力を抜くと目を閉じ、彼に身を委ねる。何度か啄むような口付けの合間に、クリストファが囁いた。

「愛しているから、安全なところにいてほしいと思ったが……君はそれを望まないのだな」

「ええ。もし足が完全に治っていれば、きっと大人しくしてなどいられませんでした。国境警備に連れていってほしい、自分も戦いますと言い出したはずです」

口調では冗談ぽく、だが本音を言うアシュリーの言葉に、クリストファがふっと笑う。

「さすが、私が憧れた剣士だ」という呟きが聞こえ、え、と思った瞬間にまた深々と口付けられた。

「ん、ん……」

長椅子に並んで座り、彼のほうへと抱き寄せられて、何度も唇を重ねられる。口付けが解かれると、アシュリーは微笑んで言った。

「子供のときのこと、ちゃんと覚えていてくれたんですね」

なぜか顔をしかめると、クリストファは「……忘れるわけがない」と言う。

「子供の頃、君に出会って、私は救われた。それ以来、ずっと長い間、君のことが忘れられなかったんだ」

アシュリーの中にあるのは、仏頂面をした小さな男の子がいつしか懐いてくれて、一緒に思い切り遊んだ楽しい記憶だけだ。驚くアシュリーに、彼は母の事件から剣を嫌いになったこと、そして、アシュリーのおかげで再び剣を手にする気持ちになれたことを打ち明ける。

その後、クリストファはまだ自分が出られない年の、アシュリーが最初に優勝した剣技大会を観戦し、そこであまりにも剣の腕前に優れたアシュリーのすごさに二度目の恋をして、彼と剣で戦える日をずっと心待ちにしていたというのだ。

それなのに、ようやく参加できる年になった頃には、アシュリーは大怪我をして表舞台から姿を消していた。二回連続で優勝したあと、目的を失ったと気づき、虚しくなって出るのをやめたそうだ。

「バーデ侯爵家には、君が寝たきりだった間も何度も手紙を送っていたが、様子を訊ねても会える状態ではないと言われるだけだった。見舞いに行って美しい寝顔を見た人々が、痛ましげに『バーデ侯爵家の眠り姫』と呼ぶようになり、その後噂が聞こえなくなってからも、ずっと君のことが忘れられずにいたんだ」

初めて聞く呼び名にアシュリーは驚く。おそらく、母が次第に見舞いを断るようになったのは、アシュリーが痩せ細り、眠り姫と呼ばれるにふさわしくない容貌になったことを哀れんだからかもしれない、と気づく。

「それから、皇帝から国境警備に抜擢されて、後ろ髪を引かれながらも帝都を離れることになった……その後の求婚に至る経緯は、シルヴァンが話した通りだ」

何もかも初めて聞く話ばかりで、アシュリーは呆然とした。

驚いているアシュリーを見て、少し照れくさそうな顔でクリストファが頬に口付ける。

アシュリーがこの地に来てすぐのとき、彼が不機嫌に見えたのは、感激し過ぎて自分の感情を受け止め切れないほどだったからだ。ようやくアシュリーと再会できたことで胸がいっぱいで、彼を娶れることが嬉し過ぎて信じられず、冷ややかに見えたのは、まともに目すら合わせられなかったせいだという。

「……十五年越しの恋だ。眠りから目覚めて、この城にやってきた君と再会したときの、私の驚きと歓喜をわかってもらえるだろうか」

感慨深く言って微笑む彼をアシュリーはまじまじと見つめる。

「クリストファ様……」

彼はずっと前、子供の頃から長い長い間、自分を想い続けていた上に、求婚することでバーデ侯爵家の仕打ちからアシュリーを救い出してくれたのだ。

「なんとお礼を言っていいのか……」

涙交じりの笑みを浮かべて、震える腕を回し、クリストファに抱きつくと、それ以上の力で抱き返してくれる。大切な宝物に触れるときのような愛しげな口付けには、彼の深い想いが込められているように思えた。

大きな体と密着して、抱き締められながら唇を吸われてうっとりする。しかし、次第にアシュリーの体にまたあの変化が起こり始めるのを感じた。

(どうしよう……僕、口付けをされているだけなのに、また……)

体が熱くなり、脚の間がじわりと濡れているのを感じる。

オメガ属としての自然な変化だとわかってはいても、羞恥を感じた。知られたくはなかったが、明日の朝には彼は国境に向かってしまう。クリストファならぜったいに無事に戻ってくると信じているけれど、何か起これば城に戻れる日は延びる。もし問題が起これば、次にいつ戻れるかなどわからないのだ。

今はどうしてもクリストファから離れたくない。それなのに、体がすっかり反応してしまっていて、どうしていいかわからない。ふいに首筋に鼻先を埋めるようにして口付けられると、アシュリーの体はびくんと強く震えた。

「……アシュリー？　どうした、具合が悪いのか？」

腕の中にいる婚約者の様子がおかしいことに気づいた彼が、心配そうに顔を覗き込んでくる。顔をうつむかせたまま、アシュリーはもう自分の属性を彼に伝えようと決意した。

「クリストファ様……僕も、実はお伝えできていないことがあるんです」

「なんだ？　なんでも言ってくれ」

慌てたように訊ねてくる彼に、アシュリーは覚悟を決めて口を開く。

「僕は……本当は、オメガ属なんです」

「え？　だが君は、ベータ属だと……」

「母は、おそらく人にはそう言って誤魔化していたと思います。僕には立派な跡継ぎとして由緒正しい家の令嬢と結婚し、帝国議会に入ってほしいと望んでいたので……息子が孕む性であるオメガ属なことを、ずっと受け入れられずにいたんです」

悲しい気持ちでそう説明すると、彼はそうか、とだけ言う。

「クリストファ様は、お嫌ではないのですか？」

怯えながらも訊ねないわけにはいかずに訊くと、彼は「君はベータ属だと思っていたが、アルファ属でもオメガ属でも私は気にならない」とあっさり言う。

緊張で強張っていた体から力が抜ける。不安がないわけではなかったが、クリストファは、きっとそう言ってくれるのではないかと思っていた。

「しかし、よほど希少なようだな、オメガ属だという者には、私も初めて会った……」

そう言ってから、彼はなぜかぴたりと動きを止めた。

なんだろうと思っていると、狼狽えるように視線を彷徨わせながら、クリストファが口を開く。

「……オメガ属は……他の者と違って、その……相手に恋をしないことには発情しない、と聞いているが……」

「僕も、そう聞きました……」

言葉にした瞬間、羞恥で顔が熱くなる。アシュリーがそう答えると、クリストファがゆっくりと顔を上げ、彼の頤に触れた。そっと顔を仰のかされ、彼と目を合わせられる。

血のように赤い瞳が、怖いくらいに真剣な目でまっすぐにこちらを射貫いている。

「つまり……君も、私のことを好きになってくれた、ということか……？」

戸惑うように訊かれて、体中が熱くなった。

アシュリーが彼に薬を飲ませてもらい、足に触れられて発情していたことは明らかだ。隠しようもなく、ぎくしゃくと頷く。

「どうか、言葉にして言ってくれ」

懇願するように言われて、目を伏せ、羞恥で燃えるような思いのまま告げる。

「初めは、感謝しかありませんでした。ここに着いてからは、正直、来なければよかったと思ったこともありました。きっと、求婚せざるを得ない事情があったんだろうと。いつからかは、わかりません……不器用な優しさや、たくさんの思い遣りに気づくと、いつの間にか、あなたのことが、気になって仕方なくなって……」

ちゃんと伝えなくてはと、アシュリーは彷徨わせていた視線を上げる。彼の熱を持った目を見つめながら、必死の思いで続けた。

「僕も、クリストファ様のことが、大好きです」

たどたどしい告白を口にした瞬間、腕が背中に回され、ぎゅうっと痛いくらいにきつく抱き締められる。すぐに顎を掴まれて、顔や鼻を擦り合わされ、唇を重ねられた。

「んん……っ」

熱い舌が入り込んできて、アシュリーの咥内を余すところなく舐め回す。舌を甘噛みされたり、舌先で上顎を擦られたりするたび、いっそう体の熱が上がっていく。

唇を離すと、腕の中にアシュリーを抱き締めた彼が、深いため息を吐く。

「君の様子がおかしいことには気づいていたが、オメガ属だとは気づかなかった……嫌がられていたのではなく、発情して、苦しかったんだな」

すまない、と謝られて、アシュリーは首を横に振る。

「違うんです、もっと早くお伝えすればよかったんですが、なかなか言えなくて……あなたに触れられると、どうしても体が反応してしまうのが、淫らだと思われないかと、恥ずかしくて」

羞恥を堪えて話すと「恥ずかしがる必要などない。私は……とても嬉しい」と彼が言う。

「私はアルファ属だが……耐えがたいほどの欲情を感じるのは、君がオメガ属だからという理由だけではないと思う」

アシュリーは目を瞠った。

「発情していないときも、私は君がいると胸が苦しいくらいに痛くなるんだ。感じているのは欲望だけではない」

クリストファは真摯な表情で告げた。

「私は、長い間君だけを想い続けてきた。もし、ここにオメガ属の者が二人いたとしても、きっと君だけにしか発情しない」

そう言い切られて、動揺とともに、アシュリーの胸に歓喜が湧いた。

実際にどうかではなく、そう言ってくれた彼の気持ちが嬉しかったのだ。

それから、一瞬何かを堪えるように顔をしかめたあと、クリストファは椅子から立ち上がり、アシュリーの背中と膝裏に腕を回して素早く抱き上げた。

「私はしきたりを破る」

そう言ったかと思うと、え、と目を瞬かせるアシュリーを抱いたまま、クリストファは執務室の奥まで進み、扉を開ける。

続き部屋はどうやら彼の私室らしい。初めて入ったそこには、天蓋付きのどっしりとした寝台が据えられ、壁際には実用的な甲冑が一揃えと、何振りかの剣が飾られている。

天蓋の布を捲って、彼は寝台の上に丁寧にアシュリーを下ろす。それから、自らも寝台の上に乗り上げ、布を引いた。

「春に式を挙げたあと、初夜まで待つつもりでいた。だが……君の気持ちを知った今、明日からしばらく離れ離れになるというのに、とてもしきたりなどに構っていられるだけの余裕がない」

そう言うと、クリストファが仰向けのアシュリー頭の横に手を突く。身を伏せ、じっと目を覗き込んでくる。

「まだ婚約中の身ですまない。どうしても今、欲しい。君を抱くことを許してもらえるだろうか……？」

切羽詰まったような表情でまっすぐに訊ねられて、アシュリーは半泣きの顔で頷いた。

オメガ属の体でどうしようもなく発情し、熱に苦しんでいるのは自分の方だ。アルファ属の彼が興奮したとしても、それはアシュリーの反応に誘引されて仕方ないことのはずなのに、彼はアシュリーを慰めるという名目では抱かない。

クリストファはこういう人なのだ。

ここに着いてから、決して口付けと足を揉む以上のことをしてこなかった彼の誠意を思い出し、アシュリーは泣き笑いの顔になって口を開いた。

「どうか、今すぐに抱いてください……僕のすべては、もうあなたのものです」

震える声で言って、彼に手を伸ばす。

まだ用心のため杖は使っているが、もうじき杖なしで歩いてみてもいいだろうと医師には言われていた。先ほどは無茶をしたが、膝も足首も、少しずつ動かす分には、もう痛みを感じることもほぼない。

アシュリーが彼のものだというのは、比喩ではない。今、自分が生きて、健康で、ここにいるのは、クリストファのおかげなのだ。

だから、彼にはアシュリーを自分のものにする権利がある――否、してほしいのだと、心から思った。

手を伸ばしてアシュリーが彼の頬に触れた瞬間、クリストファがびくっと小さく身を震わせた。やや荒々しく唇が押しつけられ、上着の前を開かれる。シャツの前を開けられて肌をまさぐられ、熱くて大きな手のひらで触れられ、壊れそうなほど激しい胸の鼓動を知られてしまう。

何度も濃密な口付けを繰り返しながら次々と服を脱がされていき、気づけばアシュリーは腕に脱げかけのシャツが引っかかっているだけの姿になっていた。

クリストファが忙しない仕草で軍服の上着を脱ぎ、シャツの前を開ける。整った容貌からは想像できないくらいに鍛え上げられた体は、軍人らしく引き締まったものだ。

服を脱ぐ間も、彼の目は、まっすぐにこちらへと注がれたままだ。

彼の半裸を初めて目の当たりにして、アシュリーは自分の体が恥ずかしくなった。

目覚めたときの痩せ具合に比べれば、ずいぶんとましになったはずだが、まだ肉づきがいいとは言えない。痩せぎすの体は、すでに先ほど与えられた口付けで熱が灯り、小ぶりな性器は上を向いて、脚の間を濡らしている。

見られることに耐え切れず、無意識のうちに手で体を隠そうとすると、「隠しては駄目だ」と言われる。そっと両手を掴まれて、シーツの上に押しつけられた。

際立った秀麗な美貌が目の前にある。皇帝の覚えもめでたく、前途洋々とした彼に、侯爵家の跡継ぎだったときならばともかく、今の自分は到底釣り合わない。そんな思いは、決して消えることはない。

ましてや、魅力などかけらもない、病み上がりの体だ。だが、こんな貧相な体で申し訳ないという気持ちは、伸しかかってきた彼の囁きでどこかに消えてしまった。

「まさか、君をこの腕に抱ける日がくるとは……」

感慨深い囁きとともに、顔が重なってきて、また唇を吸われる。頬にかかる吐息は燃えるように熱い。その声はまるで、こうなってなお、アシュリーを抱けることが信じられないとでもいうかのように響く。裸にしたあとも、口付けを繰り返し、彼は恭しく肌を撫で回してくる。宝物を壊すのを恐れるように、手を進めてこない彼に焦れ、アシュリーは思わず言った。

「あなたの、好きなようにしてください……」

そう頼むと、クリストファが赤い目を瞠る。喉の奥で小さく唸り、「とても我慢しているのに、そんなことを言わないでくれ」と苦しげに漏らす。

煽ったつもりなどなく、本当に好きにしてもらいたいと思っただけなのだが、しかしアシュリーは、自分が安易に告げた言葉を、すぐに後悔する羽目になった。


「あっ、ん、んん……やっ、……クリストファ様、もう、そこは……っ」

身を捩ろうとするが、しっかりと大きな手で体を掴まれているために果たせない。

先ほど言った『好きにしていい』という言葉は、欲情を堪えていたクリストファの理性を打ち砕いてしまったらしい。彼はアシュリーの体を余すところなく舐め回し始めた。首筋も胸元も舌を這わされ、小さな乳首は散々舐められた挙句にもう嫌だというほど吸われて、何度も甘噛みされ、彼の唇がやっと離れたときにはじんじんするほど腫れていた。

腹も脚も、足の指までしつこくしゃぶられた。腿の内側に口付けられ、舌で辿られると、びしょ濡れの性器の先から雫がとろりと垂れる。それでも、彼はアシュリーの体を舐め回すことをやめてくれない。

どうしようもなくなって、アシュリーは「もう、そんなにしないで……」と懇願した。

ようやく我に返ったかのようにクリストファがアシュリーと目を合わせる。熱い息を吐きながら頭を横に振り、アシュリーの手を取ってその甲に何度も口付けた。

「すまない、君の体があんまり美しくて、反応が初々しいから……たまらなくなった」

体を恥じていたアシュリーの劣等感などまったく不要なものだった。クリストファの想いは、そんな生半可なものではないのだろう。自分のほうこそ彼が愛しくてたまらず、アシュリーは泣きたいような気持ちになった。

年上の気持ちでいたが、考えてみれば、アシュリーは十八歳からの四年という時間を眠ったままで過ごし、内面では情けないことに、まだどこか十代のままのような気持ちだ。クリストファのほうはといえば、年齢よりも落ち着いて見え、重責を任されてはいるものの、まだ二十歳の青年なのだ。

そんな二人が、初めての恋の相手と上品に体を重ねることなどできなくて当然だろう。彼が普段の顔を脱ぎ捨て、獣のように正直に欲しがってくれることが、アシュリーは嬉しかった。

クリストファに触れられ、アシュリーの後孔はすでに溢れるほどの蜜で濡れている。しかし、初めての体は、解さないことには彼を受け入れることは難しいだろう。

「ここ……少し、指で……」

焼けるような羞恥を堪えて、片方の足を持ち上げ、指先でそっと自らの蕾に触れる。促されて、ごくりと喉を鳴らしたクリストファが「ああ、私がする」と言って、アシュリーの手をどかした。そっと指でなぞられるだけでも身が震えるほどぞくぞくした。ぐちゅりと音がして、ゆっくりと指が挿《はい》り込んでくる。

「ん、ん……」

繋がるためというよりも、まるで感触を味わうみたいに、クリストファが中で指を動かす。次第に指が増やされ、丹念に入り口を広げられる。

指を抜かれると同時に、「アシュリー、目を開けてくれ」と頼まれて、潤んだ目を開ける。欲情を滲ませたクリストファが顔を覗き込み、身を倒して唇を吸ってくる。

まだ繋がっていないのに、ここまでされたことだけで、もうアシュリーは何度も軽い絶頂に達している。性器は蜜を吐き出し過ぎて下腹は濡れ切っているし、初めて挿《い》れられた指で敏感な中を散々擦られて、もはや陶然として、意識を保っているのがやっとなほどだ。

限界なのだろう、彼が張り詰めていた軍服のズボンの前を開く。

クリストファの性器は体格に見合った逞しさで、若さを表すかのようにへそにつくほど反り返っている。相当我慢していたらしく、張り出した先端の膨らみも太い茎も、充血した濃い色になっている。

クリストファは身を倒し、アシュリーの唇に何度も口付けをする。

ふいに「アシュリー、私は君を生涯大切にすると誓う」と、彼が真剣な顔で告げてきて、アシュリーは胸を打たれた。

クリストファの口から出たその言葉は、寝台の上での睦言などではなく、結婚式で神様の前で誓うのと同じような誓いに思えたからだ。

「僕も……あなたを、一生愛すると誓います」

かすれた声で誓うと、クリストファが小さく肩を揺らす。すぐに脚を大きく開かれ、硬くなった先端を濡れ切った後孔に擦りつけられた。

「あ、あ……っ」

ゆっくりと呑み込まされていく昂りは大き過ぎて、息もできなくなる。クリストファは時間をかけてアシュリーの最奥まで押し込むと、深く身を倒して再び唇を奪った。

感極まったように唇を吸い、その合間に彼が囁く。

「アシュリー、アシュリー、……愛している」

切羽詰まった声音を耳朶に吹き込み、苦しい体勢のまま彼が腰を突き入れてくる。無理な大きさの性器で中を押し広げられているのに、滴るほど濡れたアシュリーの後孔は悦んでそれを受け入れ、絡みついて締め上げている。

「クリストファ様、どうか、無事に帰ってきて……」

昂りをすべて突き入れられ、泣きながら頼むと、大丈夫だとあやすように髪を撫でてく

れる。

硬いもので中を擦られ続け、ぐちゅぐちゅという淫らな音にいっそう興奮が高まっていく。

「あぅ、あぁっ、ん、ん……っ」

それぞれの手を握られて指を絡められ、唇も唇で塞がれて、声すら出せなくなってしまう。

「ああ、私の婚約者は、なんて可愛いのか……」

鼓膜をくすぐる信じがたいというような甘い囁きは、アシュリーの乾いた心を満たす。

感じ過ぎて、もう性器からは雫すらも溢れず、ただ自らが零した蜜をこねるように、半勃ちのまま下腹の上で揺れている。

腫れて熟れた小さな乳首を軽く摘まれただけで、「ん、あ……っ！」と喘ぎが零れた。

煽られたのか、クリストファが猛烈な動きで奥を突いてくる。

「可愛い、愛しいアシュリー……私のものだ」

そう呟いて、最奥を擦り上げた彼が、中に熱いものをどっと吐き出す。

長年溜め込んだ想いをぶつけられ、幸せな愉悦の中でアシュリーは熱い息を吐いた。

初めて想いを交わした夜が明けた。

その翌日には、クリストファはクライバーたちに「アシュリーを頼む」と言い、アシュリーには「城と皆を頼む」と言い置いて、予定通り国境に赴いた。

待機していた兵士たちが国境に集められ、街の人々の一部には戦の可能性があることが伝えられたらしい。先代の皇帝の時代を生きた者には、まだ戦の記憶も薄れてはいない。

歴史を肌で知る老人たちの導きで、万が一の事態に備えて避難できるようにと、密かな準備が進められた。

「いざとなっても、この城だけは安全です」とクライバーが言い、城からの避難方法をアシュリーたちに教えてくれる。城には隠された地下室と地下通路があり、こういったときのために食料の備蓄もじゅうぶんに用意してあるのだという。

「もし戦が始まったときには、危険があれば、城で働く人々とその家族、それから、行き場のない街の人々もここに受け入れられるようにできないでしょうか？」

アシュリーの提案で、クライバーは「では、その際には、城の大広間と教会を解放しましょう」と言ってくれた。すべての者は入れないけれど、古くからの備えで、街の教会にもいくつか地下壕があるのだという。そちらのほうが近い者は避難できるし、そもそも国境近くの街なので、人々にも有事の覚悟が備わっている。

アシュリーは久し振りに愛用の剣を腰帯に指した。まともに使えるかは分からない。今の自分は無力かもしれないが、立場としてはクリストファの代理なのだ。不安で思い悩んでいる暇がわずかでもあるなら、全力で城と領内の人々を守ることを考えなくてはならない、と腹をくくったのだ。

「アシュリー様、グラウが来ました！」

慌てた様子のリュカに伝えられ、鳩が運んできた小さな書簡を開く。

「……今日は何事もなく終わりそうだって」

それを見て、リュカとホッと息を吐き合う。クリストファは、一日に一度、こうして連絡をくれているのだ。

だが、安堵したのも束の間、『国境軍と隣国の兵士との間で諍いが勃発した』という知らせが届いたのは、その翌日のことだった。

さらには、連絡する余裕もなくなったのか、そこから国境にいるはずのクリストファたちとのやりとりは途絶えてしまった。飛んできたグラウは、国境へと飛ぶペルルと共に放せば、あとを追って一緒に飛んでいける。現在は二羽とも国境にいる状態で、アシュリーたちには連絡を待つ以外にできることがない。

「もしかして、本格的に戦が始まったのでしょうか……？」

「いいえ、何かあれば必ず連絡がくるはずです。状況がわかり次第、皆にもすぐ伝えますから」

皆に問われ、アシュリーはそう言って笑顔を作り、使用人たちを落ち着かせようとした。

（どうか、クリストファ様たちが無事でありますように……）

毎夜、切実に祈りを捧げながら、日に一度は塔にのぼり、彼のいる国境に異変がないかを切実な思いで眺める。杖をつくのももどかしく、壁に寄りかかりながらも必死になってのぼった。

（もし、彼に何かあったら……）

考えるのも恐ろしいほどだが、クリストファは軍人だ。万が一のことは決してあり得ないとは言い切れない。それなのに、想像しただけで、足元から崩れ落ちそうなほどの恐怖に襲われた。

いつの間にか、彼に何かあったらもう生きてはいけないと思うほど、クリストファはアシュリーにとってかけがえのない存在になっていた。

――彼を無事に帰してくれたら、他にはもう何もいらない。

大切な人を失う恐怖に、初めてアシュリーは自分が長い眠りの中にいたときの母の悲しみを、そしてそんな自分をずっと想い続けてくれたクリストファの苦悩を知った気がした。

きっと母は、アシュリーに身勝手な期待をかけたことを後悔したのだろう。無理をしてでも剣を手元に残してくれたのは、剣士になりたがっていた息子の願いを、別れの間際に理解してくれたからだったのではないか。

母にはもう感謝を伝えられないけれど、クリストファが帰ってきてくれたら、きっと言えるはずだ。

それからもアシュリーは、表では、決して不安な顔を見せないようにと心がけ、あくまでも普段通りの行動をするように努めた。同時に、裏ではクライバーと話し、着々と戦時のため、城に人々を引き入れて立て籠もれるだけの準備を整えていく。

彼が守ろうとしているこの街と城を、自分が守らなければならない。

「アシュリー様、あれ……！」

クリストファが国境に詰めて一週間。たびたび窓の外に気を配っていたリュカが、空を見てハッとしたような声を上げた。

急いで窓を開けると、一直線に城を目がけて飛んできたのは、二羽の鳩——ペルルとグラウだ。

二羽をねぎらってエサと水を与えてから、その足首につけられていた筒から書簡を取り出し、開けて二度読む。アシュリーは深く息を吐いた。

「なんと書いてあったのですか？」

不安そうに訊ねるリュカと、息せき切って駆けつけてきたクライバーに、アシュリーは書簡を読んで聞かせた。

「『賊はすべて押さえ込み、賊と通じていた隣国の兵士を一人捕らえた。国境兵は全員無事だ。城には明日の朝戻る』って」

二人ともがホッと大きな息を吐く。リュカは泣きそうに胸元で手を組み、クライバーは「皆に伝えてきます」と慌ただしく部屋を出ていく。「アシュリー様、良かったですね」と言うリュカに、何度も頷き、半泣きの二人は抱き合いながら待ち望んだ吉報を神に感謝した。


翌朝、国境での処理を終えたらしく、予定通りクリストファが半数ほどの部下と共に城に帰還した。

塔の上で張っていた使用人から国境兵の一群が着くことを伝えられ、使用人たちは全員が仕事の手を止めて城の入り口に並んで彼らを迎えた。

「――アシュリー」

馬を下りたクリストファが、まっすぐにアシュリーの元にやってくる。

「お帰りなさいませ。無事のお戻りを祈っていました」

泣かないようにと気を引き締め、アシュリーは必死に笑みを作る。しかし、クリストファにはお見通しだったようだ。痛ましげに眉を顰めて背中に腕を回してきた彼に、強く抱き寄せられた。

「ああ……心配をかけてすまなかった」

顔を近づけてきた彼が、目尻に口付けてくる。堪えていた涙がじわっと溢れ、その顔を隠すように深く抱き込まれる。

「奥方様は、立派に城と皆を守っておられました」

クライバーがそっと言い、クリストファがそうか、と微笑んで頷く。

「皆もう安心してくれ。今夜は兵士のために慰労の宴を張るが、準備が済み次第、皆も仕事を忘れて宴を楽しんでもらいたい」

彼の言葉に、わあっと使用人たちから歓喜の声が上がる。

クライバーに宴の準備を促され、使用人たちが三々五々に持ち場に戻っていく。

その隙に、クリストファが堪えられずに涙を零すアシュリーの頬に手をかけて、深く唇を奪う。

甘く吸われて、しゃくり上げながら、アシュリーもまた彼の唇を吸い返す。

びくりと肩を強張らせたクリストファが、いきなり身を屈めてアシュリーを横抱きにする。

「アシュリーを部屋に連れていく。しばらく誰も近づけるな」

クライバーにそう伝え、彼はアシュリーを腕に抱いたまま歩き出した。


アシュリーの部屋に入ると、扉を閉めるなり、クリストファはその場に彼を下ろした。

扉にアシュリーの背中を押しつけるようにして、やや荒々しい口付けを降らせる。

「ん……、ぅ、ん」

涙に濡れた顔で、アシュリーはその口付けに必死で応えた。

喉まで貫くような勢いで舌が差し込まれ、唾液を啜られる。じゅっと音を立てて舌を吸われ、体がひくっとなる。帰城したばかりのせいか、激しく興奮しているらしく、頬にかかるクリストファの熱い息は荒く、触れる手は燃えるようだ。

「泣くほど心配してくれていたのか……」

口付けの合間にアシュリーの濡れた頬を拭い、彼が感嘆するように囁く。

「あなたにもし何かあったらと思うと、恐ろしくて……」

痛みを感じたかのように目を細め、クリストファがアシュリーを抱き寄せた。

「そんなことは決して起こらない。何があろうとも、私は無事に君のところに戻ってくる」

何度も頷いて、アシュリーは目の前にあるしっかりとした首におずおずと腕を回す。

おそらく、事件の処理をしたあと、ゆっくり湯浴みをするだけの時間はなかったのだろう。珍しく、クリストファからはかすかな汗の匂いがした。だが、少しも不快に感じることはない。

彼が無事に戻ってきた喜びが湧き、アシュリーはその汗ばんだ首筋にそっと口付ける。

その瞬間、クリストファの体が強張る。アシュリーは彼の肩にもたれる体勢で、立ったまま膝裏を抱え上げられ、寝台へと運ばれた。

「ん、ん……、ふ……っ」

仰向けの体勢で伸しかかられ、唇が腫れてしまいそうなほど口付けを繰り返しながら、服を奪われていく。

濃密な口付けだけで、すでにアシュリーの前は半勃ちになり、後ろの孔までもが滴るほど濡れてしまっている。

「すまないが、湯浴みをする時間が得てない」と言って、彼はアシュリーの下衣を脱がせる。自らは軍服をすべて脱ぐ余裕はないらしく、クリストファは手早くズボンの前をくつろげた。

取り出した彼の性器はすっかり昂り、硬く滾って先端をわずかに濡らしている。

クリストファの興奮を目の当たりにして、アシュリーは体の芯が疼くのを感じた。

そこに目を奪われているのを見て、クリストファが少しだけ恥ずかしそうに口の端を上げた。

「君があんまり愛らしいことをするから……こうなってしまった」

彼が自分に発情してくれているのが嬉しくて、アシュリーは体にじんわりと熱が灯るのを感じた。

「君も、興奮しているのだな」

そう囁くと、クリストファが上を向いているアシュリーのほっそりとした性器に自分のものを重ねる。驚くアシュリーの腰をそっと掴み、細身の昂りに自らの猛々しいモノを擦りつけた。

「や……っ!?」

その硬さと熱に驚いていると、彼はアシュリーの性器をまとめて握り、自らの先端の大きな膨らみで押しつぶすようにする。

「あっ、あっ！」

ぐっと二度ほど擦られただけで、もう堪えられなくなり、ぶるぶると身を震わせてアシュリーは蜜を放ってしまった。

「ああ、出てしまったのか……本当に君は達《い》きやすくて、可愛らしいな……」

はあはあと胸を喘がせていると、クリストファがため息交じりに呟く。

「あぅ……」

残りの蜜を絞り出されて、アシュリーは甘い声を漏らす。

彼が無事に帰ってきてくれた喜びで、もう羞恥心を覚えている余裕もない。

ただ、彼と繋がりたくてたまらない。恥じらいを抑え込み、ぎくしゃくとした動きで上着を胸元まで捲り上げて、アシュリーは自ら脚を広げた。

湧き出した蜜で濡れ切ったアシュリーの後ろの孔を指で性急に慣らしたあと、クリストファは自らのモノを深く押し込んできた。

「ひっ、あ、あぁ……っ！」

長大な硬い昂りをずぶずぶと呑み込まされ、息もできずにアシュリーは身を引きつらせる。繋がると、馴染むまでの間、クリストファはアシュリーを労わるかのようにしばし動かずにいてくれた。

肩にまとわりついていた衣服を脱がされ、肩先や胸元に愛しげに口付けられる。

彼は自らも上着を脱ぎ、シャツの襟元を開ける。興奮しているらしいクリストファからは、かすかな雄の匂いがして、ぞくぞくと背筋に疼きが走る。

されるがままになりながら彼を見つめていると、クリストファが小さく笑った。

「君の中がぎゅうぎゅうときつく締めつけてくる……何もしていないのに、絞り取られそうだ」

「そ、そんな……」

アシュリーが狼狽えて視線を伏せると、手を取られる。彼はその指先に唇を触れさせた。

猛烈にただ自分だけを求める発情した獣のような目で見つめられ、身動きすることができなくなった。

「恥ずかしがらなくていい。君のすべては私のものだ」

「……っ」

宣言されて、指先を食まれる。唇に挟まれた指を、ちゅっと音を立てて吸われ、アシュリーはぶるっと身を震わせた。真っ赤な彼の目が熱の籠もった視線でこちらを射貫いている。

「そして私もまた、何もかも全部、君のものだ」

かすれた声で囁かれて、潤んだ目でアシュリーは必死で頷く。好きになった相手に欲しがられていることが、ただ嬉しかった。

「全部、あなたの好きなように、してください……」

震える声で告げると、その言葉を聞いたクリストファが美しい色の目を眇めて、深く身を倒してくる。

「あ……、ん……っ」

アシュリーの口の端や鼻先に優しく口付けながら、彼がゆっくりと腰を動かし始める。馴染むまで待ってくれたせいか、少しの痛みも感じない。それどころか、むしろ擦られるたびに、じんとした痺れが全身を満たしていく。

少しずつ動きを速くされると、先端の張り出した膨らみで内部を擦られ、体が熱くてたまらなくなっていく。

「あぅ、やあ……、あ……っ」

ぐちゅぐちゅという淫らな音が鼓膜を刺激する。もう自分の前は昂り切り、先端から濃い先走りをたらたらと垂らしている。クリストファが達くまで我慢したいのに、腹の奥を硬く逞しい雄で擦られると、快感を堪え切れそうもない。

汗塗れのアシュリーは揺らされながら、自分を求める男を蕩けたような目で見上げた。

「この体勢では、膝が痛くはないか？」

ふと気になったかのように言い、クリストファがアシュリーの背に腕を回して、ゆっくりと身を起こした。

「あ、あっ！」

必然的に、抱き合ったまま、あぐらをかいた彼の膝の上に乗せられる体勢になる。

自重で繋がりが深まりかけ、とっさに腰を浮かそうとすると、逃がさないとでもいうみたいにいっそう深く彼を呑み込まされた。

ぐっ、と最奥を硬いもので擦られて、体の奥で何かが弾けたようになる。びりびりとした痺れが背筋を貫き、一瞬意識が飛んだような錯覚を覚えた。

気づけば、下腹はまた蜜で濡れて、アシュリーのものは力を失っている。また早々に自分だけ達ってしまったのだと恥ずかしく思う間もなく、荒々しい動きで下から激しく突き上げられる。

「ああっ！　あぅ、んっ」

達したばかりの体を張り詰めた雄で突き上げられて、尻の奥がぎゅうっと彼を締めつける。

逞しい腕でしっかりと腰と背中を抱き込まれ、アシュリーには身を捩る余裕すらもない。下腹は自らが出したもので、尻は溢れ出した蜜とクリストファの先走りとで音がするほど濡れている。

目の前に欲情をあらわにした精悍な容貌がある。熱を秘めた目でアシュリーを見つめながら、彼が口を開いた。

「この唇に口付けていいのは、私だけだ」

「んぅ……」

深く舌を絡め、濃厚な口付けをしてから唇を離す。

「この胸に触れていいのも、私だけ」

「あ、ん……っ」

囁きながら、クリストファがアシュリーのつんと尖った小さな乳首を摘む。繋がったまま感じやすい場所を弄られて、甘い痺れに身を震わせる。

「……ここに入れるのも、私だけだ」

「ひぅっ！　あ……、あ、ぁっ！」

独占欲を感じさせる囁きとともに、中に呑み込ませたものをぐりっと動かされて、アシュリーは声を上げた。

これ以上ないほど滾ったクリストファの昂りは、アシュリーの中を無理なほど押し広げ、自分のかたちを覚え込ませようとしているかのようだ。

答えてくれ、とせがまれて、アシュリーは陶然として口を開いた。

「あなた、だけです……」

そう答えたとたん、中のものがぐっと硬さを増した。これまでにないほど激しく突き上げられて、頭の中が真っ白になる。

二人の腹の間で、自分の性器が薄い蜜をぴゅくっと吐き出す。

「あ、あ……ひっ！」

唇を荒々しい口付けで塞がれ、喘ぎまでをも呑み込まれる。

最奥に突き込まれた性器が、達したばかりの体に、どっと熱い精を注ぎ込む。

溢れるほどアシュリーの中に吐き出し、荒い息を繰り返す彼が、熱っぽく何度も唇を吸ってくる。

アシュリーは震える手で、必死にその背を抱き返した。

＊　エピローグ　＊

年が明けて積もっていた雪が解け、春の気配を感じ始める頃。ローゼンシュタット領主である辺境伯、ランベール卿の結婚式の日が近づいてきた。

皇帝に許可を得て、伴侶を引き合わせるために、クリストファはアシュリーを伴い、数人の部下を連れて帝都に赴くことになった。アシュリーにはいつも通り、気心の知れたリュカが付き従っている。

「では、行ってきます」

家令のクライバーを含めた使用人たちが城の前に並び、「行ってらっしゃいませ」と辺境伯とその婚約者の乗った馬車を見送ってくれる。

行き先は、まずは帝都の宮殿、それからヴァレリー伯爵邸。そして、アシュリーの母の墓だ。

帝都に戻るこの機会に、初めてクリストファの父に引き合わせてもらえることになり、アシュリーは少し緊張している。彼はバーデ侯爵邸にも行くかと訊ねてくれたが、アシュリーは断った。結婚式の招待状も、本来ならば礼儀として父一家に送るべきだろうが、『招くかどうかは君の好きなようにして構わない』と委ねてくれたので、薬を奪われた悪辣さを思い出し、悩んだ末に送らないことに決めた。

だが、それとは裏腹に、父からはこのところたびたび手紙が届いている。その内容は『すまなかった、ひどい仕打ちをして反省している、だから、どうか皇帝夫妻にとりなしてほしい』というものだ。

皇妃は、元々社交界で亡きアシュリーの母と付き合いがあった。だから、アシュリーが事故に遭うきっかけとなったのが、自分が好み、流行を白熱させてしまった青いユリを探しに行ったためだという話が耳に入り、ずいぶんと心を痛めていたらしい。母の生前には何度か見舞いの手紙や贈り物まで届けてくれていたそうで、アシュリーが目覚めた噂を心から喜んでいたそうだ。

だからこそ、母を離縁してすぐに後妻を迎えた上、まだアシュリーの体が元通りにならないうちに遠方の婚約者の元に追い出すかのように送り出したバーデ侯爵には、内心で相当憤慨していたという。どうやらバーデ侯爵家の醜聞は、皇妃の口から皇帝の耳にも入っていて――つまり、高貴な爵位にふさわしくない行動をとったことにより、父の代までで侯爵位を没収されそうな気配があるらしいのだ。

アシュリーは追い出された自分に代わり、爵位を継ぐはずだった義弟の顔を思い出して、複雑な気持ちになった。まだ子供のアンドルーには可哀想だとは思うが、家を出た身ではどうしてやることもできない。

クリストファは「自業自得だ」と憤慨していた。おそらく、バーデ侯爵に対する怒りは、自分より彼のほうが深いのだろう。

さらに、結婚式の招待状を書く際に、驚きの事実が明らかになっていた。

招待客のリストを作りながら「世話になったルーベン男爵を招待したい」とアシュリーが言い出すと、手伝っていたリュカがなぜか困り果てた顔になった。

なぜか、「もう誤魔化し切れません」と言うと、リュカはクリストファを呼び、彼は愕然とするようなことを打ち明けた。

実は、ルーベン男爵家を継いだ母の従兄は、すでに何年も前から寝たきりの状態で隠居しているというのだ。

では、これまでずっと送り続けてくれた届け物は？と疑問に思うと、実はリュカは、ルーベン男爵家ではなく、ヴァレリー伯爵家の遠縁の者だった。つまり、彼をバーデ侯爵家に送り込んだのは、なんとクリストファだったのだ。

「君が事故に遭って眠ったままになり、母君が亡くなったあとも、ずっと気にかかっていた。だが、実の父がいるのだからまさか、とも思っていたんだ。しかしあるとき、『バーデ侯爵は跡継ぎ息子の命を諦め、地下室に置いて死ぬのを待っているらしい』という噂を聞いて、いてもたってもいられなくなった。君の亡き母君の実家を継いだルーベン男爵は、すでにかなりの高齢で、甥を助けられる状況ではないようだったから」

だから、クリストファはアシュリーの親戚である男爵の名を借り、バーデ侯爵家に送り込んだリュカを通じて、必要な薬や食べ物などの差し入れを続けていた。

彼は、憧れ続けたアシュリーがこんなふうに見捨てられて死ぬことがどうしても許せなかったのだという。

だったら、婚約して自分が移り住んだあとにでも教えてくれたら……と思ったけれど、リュカによると、クリストファは助けるためとはいえ嘘をつくことにかなりの罪悪感を覚えていたらしい。

「アシュリー様に知られて、嫌われてしまわないかと、とても気にかけておいででした」

微笑むリュカは、ヴァレリー伯爵家の遠縁ながら貴族の出ではなく、両親が亡くなって困窮し、血縁を辿ってまだ子供の頃に帝都にやってきたらしい。ヴァレリー伯爵は「使用人は足りている」と言って追い出そうとしたが、クリストファが自分の側仕えにするからと言って受け入れてくれたそうだ。

「クリストファ様は、まだ子供だった私にちゃんと給金もくれて、家令について学ぶように時間を与え、どこに出しても恥ずかしくないと言ってもらえるまで勉強させてくれました。ですから『バーデ侯爵家に行ってもらえないか』と言われたとき、僕は喜んで引き受けたんです。バーデ家とは親戚でもないため、身分を偽って入り込んでもらうしかないと苦渋の顔で言われましたが、迷いはありませんでした。助けてくれたクリストファ様の恩人に尽くすのが、救われた僕の使命なのだと思ったからです」

その話を聞いて、アシュリーはやっとリュカがなぜあんなにも親身になっていつも自分の世話をしてくれていたのかがわかった気がした。彼は、クリストファから受けた恩を、自分を通じて返そうとしてくれていたのだ。

「クリストファ様から頼み事をされたのは初めてでしたが、アシュリー様が特別な存在だというのは伝わってきました。だから、誠心誠意お世話をさせてもらおうと心に決めて、バーデ侯爵家に来たんです。そうして目を覚まされたアシュリー様は、クリストファ様が想いを寄せるのも納得なほど心が綺麗な方でした。僕は、いつかクリストファ様があなたに求婚される日を信じて、それまで、ぜったいにアシュリー様を侯爵家の方々からお守りしなくてはと決意していたんです」

リュカの話を聞けば、次々と腑に落ちることがあった。以前、泣きそうになったリュカの顔に既視感を覚えたが、その理由もわかる。血縁を知ってみれば、まだ少年らしさの残るリュカの容貌は、どこか幼い頃出会ったクリストファの面影を感じさせるものだったからだ。

彼はずっと、自分がクリストファとうまくいくよう心から願っていてくれた。アシュリーが思い悩むときは元気づけようとしてくれて、クリストファと距離が縮まれば、まるで我がことのように嬉しそうな顔をした。

リュカの告白で、様々な出来事がアシュリーの頭をよぎった。

ペルルは話ができるのかと思ったが、思い返してみれば、話す言葉はといえば、『アシュリ』だけだ。それはなぜか——おそらく、主人であるクリストファが、その名を愛鳩が覚えて真似するほど、口にしていたからではないだろうか——。

わかっていたつもりだったが、自分はクリストファの気持ちをちっともわかってなどいなかった。

誰も自分を必要としていない、と思い込んでいた絶望の日々の中、彼は立場を隠したまま、あらゆる手を尽くしてアシュリーを生かそうとしていた。

執念にも近い母の愛と、クリストファの強い想いが、自分の命を繋いでくれたのだ。

二人の婚約は帝都に住む人々にも伝わったらしく、様々な祝いが辺境の街まで届けられた。中には、直接会いに来てくれた懐かしい友人もいて、しかも驚くべき連れと共に来てくれた者もいた。

「ローザ……？」

見覚えのある、いかにも賢そうな栗毛の馬が、アシュリーの声を聞いてブルルッと嬉しげに鼻を鳴らす。

「そうだよ、ほらローザ、お前の大好きな元ご主人様だぞ！」

なんと、ローザはアシュリーの友人であるカールの館に引き取られ、無事に生きていたのだ。

父のバーデ侯爵は、引き取られていったあと、なかなか懐かずにエサもあまり食べない、という話を人づてに聞いて、もうすっかりローザは死んだと勝手に思い込んでいたようだ。

だが、カールは一度弱ったローザを根気よく馴らし、大切に可愛がってくれていたのだ。

感動するアシュリーに、さらなる朗報が伝えられた。アシュリーの事故の責任を取らされ、侯爵家をクビになった側仕えのシモンは、別の友人の家に雇われて元気にしていると教えられたのだ。

「皆、ずっと君のことを心配していたんだよ。ローザもシモンも、侯爵家から出されるという話を聞いて、誰もが我先にと手を上げて我が館にと引き取ろうとしたくらいだ」

また、他の友人たちも、アシュリーが意識不明の間、何度も侯爵家に手紙や贈り物をして、見舞いにも来てくれていた。だが、次第にバーデ家のほうから訪問を断られるようになり、手紙も贈り物も捨てられてしまったのか、目覚めたあとのアシュリーの手元に届くことはなかったのだ。

アシュリーはすっかり友人たちに見捨てられたと思い込んでいたが、そうではなかった。カールと旧知の友人たちを結婚式に招きたいと伝えると、大喜びで応じてくれて、皆にも伝えると言ってもらえた。

——そうして今、アシュリーは愛するクリストファと共に馬車に乗り、皇帝に結婚の許可を得るために、こうして帝都へと向かっている。

馬車の座席に並んで座ったクリストファは、ぽつぽつとこれからのことを話す。

「皇帝夫妻に挨拶を終えて、父に君を紹介したら、私の館に行く前に、ヴァレリー伯爵邸の中でいくつか見せたい場所があるんだ」

一緒に広い館の中を駆け回った日のことを思い出して、アシュリーは思わず頬を緩める。

「僕がヴァレリー伯爵の邸宅に伺うのは十五年ぶりですね。見せたいところとはどこでしょう？」

「それは、着いてからのお楽しみだ」

いたずらっぽく言って、クリストファが口の端を上げる。リュカたちはもう一台の馬車に乗っていて二人きりなので、彼は馬車の中でもアシュリーの手を握ったままだ。ほんのわずかな表情の変化だが、いかにもクリストファは自分を連れていけるのが嬉しいようだ。珍しい様子に日を丸くしてから、アシュリーの胸にじわじわと温かい思いが湧き上がった。きっと、彼も邸内の特別な場所を探した日のことを思い出しているのだろう。

「では、楽しみに取っておきますね」と言うと、小さく頷いたクリストファが、そっと顔を寄せてアシュリーに口付けをした。

足の具合は移住してからずいぶんと良くなり、もう杖なしで歩くこともできる。最近は剣の稽古も始め、鈍った体に舌打ちしながら勘を取り戻そうとしているところだ。

とはいえ、再びこの足で走れる日がくるかはわからないし、剣も以前の腕前を完全に取り戻すことは難しいだろう。

それでも希望を失わずにいられるのは、『生きていてくれるだけでいい』と言ってくれるクリストファの強い支えがあるからだ。

(何年かかってでも諦めずに、体を鍛えて、また剣の腕を磨こう)

まだしばらく先のことだろうが、頑張っていれば、街の子供たちに剣の稽古をつけられるぐらいにはきっと戻れるはずだ。

——そしていつか、二人の子に恵まれる頃までには、我が子の剣の教師になれたらいい。

アシュリーはクリストファとの幸福な未来を思い描き、満たされた気持ちで微笑んだ。

END

＊　あとがき　＊

この本をお手に取って下さり、本当にありがとうございます！

二十三冊目の今作は、オメガバースものの中世ファンタジーＢＬになりました。

攻めがすべてを失った受けを大事に囲い込んで癒やし、初恋の相手と成就する、というお話です。

主にのどかな辺境の街が舞台で、あまり大きな出来事も起こらない感じのお話なので、少々好みは分かれるかもしれませんが、もし気に入ってくれる方がいらしたらとても嬉しく思います。

結末はもちろんハッピーエンドなのですが、今回のお話には、何もかもが完璧に元通りになるような終わり方は合わないような気がして、このような結末になりました。（将来的には二人は子に恵まれて、アシュリーもかなり以前に近いほどの剣の腕を取り戻すと思うのですが、それはまだ少し先のことかな？という感じで……）

そういえば、クリストファは幼い頃の出来事からアシュリーに尊敬の気持ちを持っているので、裏から手を回して生涯支えたとしても「男嫁にするため求婚」という手段は思い浮かばなかったと思うので、今回、二人のキューピットになったのは、先にアシュリーに求婚したジーゲル侯爵みたいです（汗）

それから、クリストファの側近のシルヴァンは頑張って二人の間を取り持とうとしてますが、その行動の理由は、もちろん上官の幸せを祈ってるというのもありつつ、密かにシルヴァンがアシュリーの使用人のリュカと仲良しで、そのリュカがアシュリーのことをとても心配しているからだったりします。

シルヴァンは週のうち一泊二日しか城に戻ってこられないので、その間、いそいそとリュカの仕事を手伝ってみたり、彼の休憩の時間を見計らって一緒にお茶を飲んだりして、じわじわと距離を詰めつつ過ごしているといいなあと思いました。真面目で働き者なリュカのことがすごく気に入っていて、時間の許す限り話しかけて付きまとってほしいです。（もちろんリュカ自身も満更でもない感じで……）街の娘たちにモテモテで、一見チャラく見えるけど、実はリュカだけに一途なシルヴァンだとよいです。

あと、鳩のペルルとグラウはオス同士です！（超無駄な裏設定）とっても仲良しだけど、一緒の鳥かごに入れられてしばらくするともめ始める喧嘩ップルです。

脇キャラたちの恋愛もいろいろと考えるのですが、妄想して楽しむだけでちらりとも本編に組み込むことができません……毎回メインカプの恋愛だけでせいいっぱいなので、いつかうまく絡めてみんな幸せにできるようなお話を書いてみたいです。

ここからは御礼を書かせてください。

イラストを描いて下さったみずかねりょう先生、今作も本当に美しいイラストをありがとうございました……！　表紙も口絵もあまりに美しすぎて、額に入れて飾りたいくらいの綺麗さで見惚れてしまいました。モノクロの完成もすごく楽しみにしております。

担当様、今作もお手数おかけしてしまい申し訳ありません、いつも本当にありがとうございます！

それから、この本の制作と販売に関わって下さったすべての方にお礼を申し上げます。

最後に、読んでくださった皆様、本当にありがとうございました！

よかったらぜひぜひご感想をお聞かせください。

来年まで書き続けられたらデビューして十年目になるので、いつも読んでくれる方になにか個人的にお礼の小冊子とか作れたらいいななどと考えております。

ではでは、また次の本でお目にかかれることを願って。

二〇二二年十月　釘宮つかさ【@kugi_mofu】

プリズム文庫をお買い上げいただきまして
ありがとうございました。
この本を読んでのご意見・ご感想を
お待ちしております!

【ファンレターのあて先】

〒153-0051 東京都目黒区上目黒1-18-6 NMビル
(株)オークラ出版 プリズム文庫編集部
『釘宮つかさ先生』『みずかねりょう先生』係

プリズム文庫

辺境伯アルファと目覚めた眠り姫

2021年10月29日 初版発行

著 者 釘宮つかさ

発行人 長嶋うつぎ
発 行 株式会社オークラ出版
〒153-0051 東京都目黒区上目黒1-18-6 NMビル
営 業 TEL:03-3792-2411 FAX:03-3793-7048
編 集 TEL:03-3793-6756 FAX:03-5722-7626
郵便振替 00170-7-581612(加入者名:オークランド)
印 刷 中央精版印刷株式会社

Printed in JAPAN ISBN978-4-7755-2973-7